W0290644

Claude Cueni

Warten auf Hergé
Ein parodierender Roman für Erwachsene

Claude Cueni

Warten auf Hergé

Ein parodierender Roman für Erwachsene

münsterverlag

Erste Auflage 2018

© 2018 Münster Verlag GmbH, Basel

Alle Rechte vorbehalten.

Lektorat: Andrea Keller, Bern und Dieter Feigenwinter, Basel
Satz Inhalt: Stephan Cuber, diaphan gestaltung, Bern
Covergestaltung: Thomas Jarzina
Umschlagbild: Edward Hopper (1882–1967). *(Men Seated at Café Table),* (1906). Transparent and opaque watercolor, pen and ink, brush and ink, and graphite pencil on paper, Sheet: 21 ¾ × 14 13⁄16 in. (55.2 × 37.6 cm). Whitney Museum of American Art, New York; Josephine N. Hopper Bequest 70.1348
Druck und Einband: CPI books GmbH, Ulm
Verwendete Schriften: Adobe Garamond Pro, Comic Sans
Papier: Umschlag, 135g/m^2, Bilderdruck glänzend, holzfrei; Inhalt, 90g/m^2, Werkdruck bläulichweiss, 1,75-fach, holzfrei

ISBN 978-3-907146-05-7
Printed in Germany

www.muensterverlag.ch

Für meine Schwiegertochter Jessie Lao

Kommen Sie, wir gehen.
Wir können nicht.
Warum nicht?
Wir warten auf Hergé.
Ah!

1

1986 auf Schloss Cheverny

Im Morgengrauen lichtete sich das Nebelfeld über dem herrschaftlichen Anwesen von Schloss Cheverny und gab die Sicht frei auf einen englischen Park mit Zedern, Linden und imposanten Mammutbäumen. Aus der Ferne hörte man das Kläffen eines Hundes. Es war kein Angstbellen, sondern das antrainierte Lautgeben eines Hundes, der seinen Halter vor einer drohenden Gefahr warnen wollte. Eine schwarze Katze flitzte wie von der Tarantel gestochen zwischen den Büschen hervor und rannte über den feingeschnittenen Rasen des barocken Loire-Schlosses. Ein Terrier hetzte hinterher und bellte, als müsse er den jahrhundertalten Sitz der Ritter von Kabeljau gegen den Einfall habsburgischer Söldnerheere verteidigen. Die Katze rettete sich auf einen Baum, sträubte ihr Fell und starrte mit schmalen Augen auf den weißen Foxterrier hinunter, der abwechselnd knurrte und bellte.

»Filou![1]«, hörte man jemanden rufen. Der Hund hörte auf zu heulen, winselte und schaute frustriert zum Schloss. In einem der durchfensterten Säle war das Licht angesprungen und erhellte nun die Bourré-Steine im bossierten Mauerwerk. Ein kahlköpfiger Butler mit schlohweißen Koteletten im Empire-Stil stieß die schweren Flügel des Eingangsportals auf und blieb auf der obersten Stufe der wuchtigen Freitreppe stehen. Er trug eine rote, ärmellose Weste über einem weißen Hemd. Erneut rief er nach dem Foxterrier. Filou gab einen jämmerlichen

Seufzer von sich und trottete missmutig ins Schloss zurück. Der Butler schloss die Tür und fixierte den Hund in der Eingangshalle mit strengem Blick. Er zeigte auf die Bibliothek zur Rechten, aber Filou ignorierte den Befehl und tippelte mit erhobenem Kopf in den Marinesaal zur Linken. Dieser war vollgestopft mit antiken Requisiten, Fundstücken aus aller Welt, chinesischen Vasen, Schiffsmaquetten, afrikanischer Kunst, Vitrinen mit ausgedörrten Schrumpfköpfen und philippinischen Schnitzereien. An den Wänden hingen Tigerfelle, gehörnte Jagdtrophäen und ausgestopfte Löwenköpfe, sie blickten stumm auf Filou herab, als seien sie immer noch erstaunt, dass sie jemand erschossen und ausgestopft hatte. Sogar ein plattgedrücktes Krokodil hatte man an die Wand genagelt, ausreichend für vierzig Damenhandtaschen. Dort, wo an der tapezierten Wand noch freie Flächen waren, hingen gerahmte Schwarz-Weiß-Fotografien aus fernen Ländern. Der Butler war Filou in den Marinesaal gefolgt und stand nun in gebührendem Abstand vor einem jungen Mann, der antriebslos in einem abgewetzten Chesterfield-Sessel lümmelte. Er trug ein schwarzes Polohemd von Lacoste und verwaschene Levi's-Jeans. Sein Blick war auf einen Großbildschirm gerichtet. Er schaute sich gerade die Wetterprognosen an. Ohne Ton. Er war blond und hieß eigentlich Martin Rabier, aber da seine Mutter ihn stets Tintin-Lutin gerufen hatte, nannte man ihn schon früh Tintin-Lutin[2]. Filou sprang auf seine Knie und grummelte zufrieden.

»Was war da draußen los, James?«

»Eine Katze, Monsieur, nichts weiter.«

»Ich dachte schon, Kapitän Schellfisch sei zurück.«

James blieb noch eine Weile stehen. Er wollte Tintin-Lutin fragen, ob er den Ton anstellen solle, aber letztes Mal hatte Monsieur sehr unwirsch reagiert, also ließ er es bleiben. Tintin-Lutin hatte nur Augen für die Wölkchen, die auf dem Bildschirm ostwärts zogen. Oder galt seine Faszination der Wetterfee? James stand da, regungslos, wie ein englischer Infanteriesoldat in rotem Jackett und Bärenfellmütze vor dem Buckingham Palace. Doch James gehörte nicht zur »Queen's Guard«, und das Bärenfell hing an der Wand. Er war der Butler auf Schloss Cheverny. Er räusperte sich diskret.

»Ja?«, fragte Tintin-Lutin, ohne ihn eines Blickes zu würdigen, »ist noch was?«

»Kommen Sie, wir müssen gehen«, sagte James mit vornehm leiser Stimme.

»Wir können nicht.«

»Warum nicht?«

»Wir warten auf Hergé.«

»Ah!«, machte James, dann werde ich Ihren Termin bei Professor Riklin stornieren.«

Tintin-Lutin warf James einen flüchtigen Blick zu: »Ja, tun Sie das und bringen Sie mir einen Whisky.«

»Sagten Sie *einen Whisky*?«

Tintin-Lutin verdrehte die Augen und schielte auf die Balkendecke mit ihren gemalten Dekorationen »à la française«.

»Ja, James, Ihr Gehör ist ausgezeichnet, erstaunlich für Ihr Alter. Ich sagte tatsächlich *einen Whisky*.«

»Dann werde ich Ihnen wohl einen Whisky bringen, Monsieur«, wiederholte er unschlüssig und fügte leise hinzu, »es ist zehn Uhr morgens«.

»Ja, James, es ist zehn Uhr morgens, und gleich werden Sie mir einen Whisky bringen.«

James neigte respektvoll den Kopf und schritt zur gläsernen Bar. Er stolperte über einen Gegenstand, fing sich aber gleich wieder auf. Über dem Tresen hing ein Flugsaurier, eine Filmrequisite, die abends rötlich schimmerte.

»Was darf es sein, Monsieur? Ein Glas *Old Glen Douglas?* Geschüttelt oder gerührt?«

»Monsieur Hergé erlaubt keine andere Marke. Wahrscheinlich kriegt er dafür Rabatt.«

Tintin-Lutin drückte auf der Fernbedienung die TV-Replay-Taste und die Wetterfee begann erneut mit ihrer Wetterprognose für das Osterwochenende, aber es war Sommer. James schraubte den Verschluss der Whisky-Flasche auf, füllte ein Glas zu einem Viertel, warf einen prüfenden Blick auf den Teppichboden und schritt dann mit durchgestrecktem Rücken zu Tintin-Lutin, ohne erneut über den herumliegenden Gegenstand zu stolpern. Mit einer kleinen Verbeugung überreichte er das Glas und zeigte diskret auf den Fernseher: »Kann es sein, Monsieur, dass Sie seit drei Jahren die immer gleiche Wetterprognose anschauen? Oder ändert sich das Wetter da draußen seit drei Jahren nicht mehr?«

Tintin-Lutin starrte andächtig auf die Wetterfee, die mit geschmeidigen Bewegungen ein Hoch über den Britischen Inseln kommentierte, das auf ein ostwärts ziehendes Tief über Mitteleuropa prallen würde. Sie kündigte feucht-kühle Polarluft, schauerartige Regenfälle und starke Windböen an.

»Ja«, murmelte Tintin-Lutin, ohne James anzuschauen, »es ist in der Tat eine Aufnahme von 1983. Ihr Gedächtnis ist erstaunlich, James. Ich dachte, Sie könnten nur an Türen lauschen.«

James lächelte verlegen und zeigte auf die Wetterfee: »Ist das nicht Marie-Louise van Cutsem[3]?«

»Ja«, sagte Tintin-Lutin und für einen kurzen Augenblick erhellte ein Leuchten sein müdes Gesicht. James hob fragend die Augenbrauen und schürzte die Lippen: »Vielleicht sollten Sie das bei Ihrer nächsten Sitzung in Zürich mit Professor Riklin erwähnen.«

Tintin-Lutin leerte sein Glas in wenigen Zügen und starrte konsterniert ins Leere.

»James, ich möchte Sie etwas fragen, aber Sie müssen ehrlich antworten.«

»Das tue ich immer, Monsieur.« James nahm Haltung an. »Sofern man es aushalten kann«, fügte er leise hinzu.

»Ich habe seit einiger Zeit den Eindruck, dass ich älter werde. Wie kann das sein? Ich habe in den letzten drei Jahren kontinuierlich an Gewicht verloren, schauen Sie mal mein Gesicht an, es ist schmaler geworden.«

»Das ist der Alkohol, Monsieur, Alkohol zehrt den Körper aus, so hat es bei Kapitän Schellfisch auch angefangen. Eine kleine Niederlage, eine nicht erwiderte Liebe …«

James warf einen verstohlenen Blick auf die attraktive Wetterfee, die nun für das Osterwochenende Orkanböen bis zu 190 km/h ankündigte.

»Nein, James, es muss etwas anderes sein. Ich habe so viele Abenteuer erlebt und ich bin nie gealtert, und jetzt plötzlich …«

»Sie sehen aus wie immer, Monsieur. Mir fällt nichts Besonderes auf.«

Tintin-Lutin hob das leere Glas. James stellte es auf das Silbertablett und kehrte mit blasiertem Gesichtsausdruck zur Bar zurück. Er füllte das Glas zuerst zur Hälfte, dann schenkte er nach. Vorsichtig kehrte er zu Tintin-Lutin zurück. Plötzlich stolperte er erneut, das Tablett schoss in die Höhe und krachte scheppernd auf das orientalische Beistelltischchen vor dem Fernseher.

Tintin-Lutin strafte ihn mit einem vorwurfsvollen Blick: »Man könnte meinen, Sie proben für die Neubesetzung von ›Dinner For One‹.« James kniete nieder, um die Glasscherben einzusammeln. Tintin-Lutin schaute ihm zu und schüttelte den Kopf: »Ich denke, das war das letzte Stück aus dem 12-teiligen

Teeservice, das mir Migmar damals auf dem Himalaya geschenkt hat.«

»Monsieur«, verteidigte sich James höflich und legte die Scherben auf den hölzernen Tisch, »es ist schon wieder der Speer von Lapu-Lapu[4], der mich zu Fall gebracht hat.«

»James, dieser Speer hat 1521 die Brust von Magellan durchbohrt. Und Lapu-Lapu ist 1564 gestorben, sein Speer führt kein Eigenleben. Also erzählen Sie mir nicht dauernd, dass dieser philippinische Stammeshäuptling Ihnen ein Bein gestellt habe. Vielleicht …«

Tintin-Lutin verkniff sich, den Satz zu Ende zu sprechen. James hatte die letzten Scherben in der hohlen Hand und verneigte sich knapp vor Tintin-Lutin: »Wenn Sie mich entlassen wollen, Monsieur, nur zu, dann stirbt das ganze Anwesen, dann können Sie gleich alles abreißen.« James reagierte gekränkt und ging zur Bar zurück.

»James?«

Der Butler blieb stehen und drehte sich um. Er beugte sich leicht nach vorne, als würde er nun besonders aufmerksam zuhören.

»Ich werde Sie nicht entlassen, und wissen Sie, warum? Weil ich Sie nicht eingestellt habe. Der Professor hat Sie damals mitsamt dem Mobiliar übernommen. Sie gehören jetzt zur Innenausstattung wie auch Lapu-Lapus Speer, und dieser Speer gehört Filou, und mein Hund ist frei, sein Spielzeug dort zu deponieren, wo immer er mag. Er hat mich noch nie enttäuscht, im Gegensatz zu den Menschen.«

James versuchte, Mitgefühl zu mimen, die Welt ist schlecht und so, doch Tintin-Lutin drückte erneut die Replay-Taste: »Wollten Sie mir nicht einen *Old Glen Douglas* bringen?«

James stieg vorsichtig über Lapu-Lapus Speer und bereitete an der Bar einen neuen Drink vor: »Ich mag Filou«, sagte James mit vornehm leiser Stimme, »aber ein Hund bleibt ein Hund, Monsieur.« Er stellte das Glas auf das Tablett und schritt vorsichtig durch den Marinesaal: »Es gibt zwar Bestrebungen, auch den Schimpansen und Gorillas die Menschenrechte zu gewähren, aber ein Hund, Monsieur …«

Tintin-Lutin starrte immer noch gebannt auf die Wetterfee: »Filou genießt bereits alle Menschenrechte, James. Aber wollten Sie mir nicht einen Whisky bringen?«

»Ich bin schon unterwegs.«

»Vorsicht«, murmelte Tintin-Lutin ohne den Blick vom Fernseher zu nehmen. James stieg über Lapu-Lapus Speer und blieb vor Tintin-Lutin stehen: »Monsieur, es steht mir nicht zu, Ihnen Ratschläge zu erteilen, aber ich möchte darauf hinweisen, dass es bei Kapitän Schellfisch …«

»Schellfisch war schon immer ein Säufer«, unterbrach ihn Tintin-Lutin und nahm das Glas vom Tablett, »er ist von einem Säufer gezeugt worden, als Säufer geboren und wird als Säufer sterben. Und daran ist Monsieur Hergé schuld! Schellfisch ist so ein netter Kerl. Wieso macht er ihn zum Säufer? Wenn Sie sich also beklagen wollen, beklagen Sie sich bei Monsieur Hergé. Im Grunde genommen hat *er* Sie angestellt. *Er* trägt die Verantwortung für alles, was hier geschieht und auch für das, was hier seit drei Jahren nicht mehr geschieht. Ich verstehe nicht, wieso er uns in kein neues Abenteuer mehr schickt. Wir hatten Monsieur Hergé Vorschläge unterbreitet, wir wollten auf die Philippinen, neue Abenteuer erleben und das Volk der Batak in den Wäldern im Norden Palawans aufsuchen. Aber er antwortet nicht.«

Er nahm einen kräftigen Schluck Whisky. »Ich war mein Leben lang trocken«, haderte Tintin-Lutin, »ich hab keinen Tropfen Alkohol angerührt, keine Pfeife, keinen Joint, ich saß nie breitbeinig in einer Straßenbahn, hob auf dem Klo stets die

Brille hoch, ich habe nie einer Frau an den Po gefasst oder in der Straßenbahn onaniert.«

»Das mag ein Fehler gewesen sein, Monsieur, falls ich mir die Bemerkung erlauben darf.«

»Dass ich in der Straßenbahn nie onaniert habe?«

James senkte beschämt den Blick. Tintin-Lutin nahm keine Notiz davon: »Ich habe nur für meine Reportagen gelebt, aber es war stets Monsieur Hergé, der meine Reiseziele festlegte, er hat mich benutzt, schamlos ausgenutzt. Ich musste Abenteuer erleben, vor denen er sich fürchtete und Dinge verschweigen, die mich schockiert haben. Er hat es sich einfach gemacht! Mich hat er um die halbe Welt geschickt, aber er, er hat die ersten fünfzig Jahre seines Lebens in einem Umkreis von wenigen Kilometern verbracht.«

James lächelte verständnisvoll und neigte den Kopf zur Seite, als wolle er sein Bedauern ausdrücken.

»Ich habe alle Kontinente bereist«, seufzte Tintin-Lutin, »und doch nie zu mir gefunden. Wer bin ich, James?«

»Die Antwort finden Sie nicht in einem Glas *Old Glen Douglas*«, antwortete dieser streng. Tintin-Lutin machte eine unwirsche Handbewegung: »Aber auch nicht in einem Glas frisch gepresstem Mangosaft! James, ich glaube, Sie wissen nicht, wovon ich spreche. Holen Sie sich ein Glas, schenken Sie sich einen *Old Glen Douglas* ein, dann stoßen wir miteinander an, und Sie wissen gleich, wovon ich spreche.« James gehorchte, verneigte sich knapp und schritt zur Bar zurück. Vorsichtig stieg er über Lapu-Lapus Speer. Tintin-Lutin rief ihm nach, er solle den *Old Glen Douglas* gleich mitbringen. Als James mit einem Glas und der Flasche zurückkam, prosteten sie sich wortlos zu und tranken. Tintin-Lutin fixierte dabei seinen Butler, als sei ihm plötzlich etwas aufgefallen: »James, täusche ich mich, oder sind auch Sie in letzter Zeit gealtert?«

»Wir werden alle älter, Monsieur, die Tiere, die Büsche, das ist die Natur, der ewige Kreislauf. Kaum geboren, steht uns der Tod bevor.«

Tintin-Lutin wandte sich wieder der Wetterfee zu und drückte die Replay-Taste. Er konnte den Blick nicht von Marie-Louise van Cutsem lassen. Als James sicher war, dass Tintin-Lutin ihn aus dem Blickfeld verloren hatte, schenkte er sich rasch Whisky nach, bis das flüssige Gold beinahe über den Rand des Glases schwappte. Er nahm einen kräftigen Schluck und ließ ihn langsam den Gaumen hinunterfließen. Er grinste zufrieden und nahm sofort wieder Haltung an, als Tintin-Lutin sich umdrehte. Er hatte das Plätschern gehört und sah nun das halbvolle Whiskyglas in James' Hand: »Wir müssen den Kapitän fragen, ob auch er das Gefühl hat, plötzlich zu altern. Hatte uns Monsieur Hergé nicht versprochen, wir würden nie altern?«

2

Auf hoher See

Kapitän Schellfisch war an jenem Morgen ein gebrochener Mann. Er starrte auf ein düsteres Gemälde, das verzweifelte Schiffsbrüchige auf einem Floss auf hoher See zeigte. Schwer atmend saß er auf der Bettkante seiner Koje, die blutrote Knollennase stach wie ein Furunkel aus dem bärtigen Seemannsgesicht, die Haut von der Sonne gegerbt und vom Leben zerfurcht, ein Kinn wie ein Amboss. Schellfisch trug eine weiße Kapitänsmütze im blau-weißen Navy-Stil. Mehr nicht. Er saß nackt auf dem durchwühlten Bett und schüttelte unaufhörlich den Kopf. Verärgert warf er einen Blick durch das verdreckte Bullauge. Am Horizont zeichneten sich die Umrisse einer sternenförmigen Hafenfestung ab. Sie beherrschte die gesamte maltesische Landzunge.

»Mach dir nichts draus, mon capitaine, manchmal hat der kleine Matrose einfach keine Lust.«

Melissa, eine junge Tunesierin Ende zwanzig, kroch unter der Bettdecke hervor und kniete hinter den Kapitän. Sie zog das Leintuch über ihre nackten Schultern und bedeckte neckisch ihren üppigen Busen. Die langen Haare hatte sie hennarot gefärbt, die Fingernägel wie giftige Krallen verlängert. Sie begann Schellfischs Nackenmuskulatur zu kneten: »Nicht traurig sein, ja?«

Konsterniert starrte Schellfisch auf das verschrumpelte Ding zwischen seinen Beinen und murmelte, das sei eine Schande für die Marine.

»Wir probieren heute Abend nochmals«, tröstete ihn Melissa. Sie sprang auf und hüpfte wie eine Gazelle zum kleinen Spiegellavabo hinter der Kajütentür. Sie drehte den Hahn auf und wusch ihre Scham, während sie eine orientalisch anmutende Melodie summte. Schellfisch folgte ihr, blieb hinter ihr stehen und schaute in den Spiegel über dem Waschbecken. Er mochte ihre dunkle Haut, die nach frischem Meerwasser und Sonnencrème roch, aber irgendetwas kam ihm seltsam vor. Melissa drehte sich und bedeckte mit dem Frottiertuch ihren festen Busen. Schellfisch berührte ihre Brüste, wog sie sanft in den Händen: »Du bist ein smartes Mädchen«, murmelte er nachdenklich, »aber ich denke, das weißt du bereits.« Sie legte ihre Arme anmutsvoll auf seine Schultern und benässte mit der Zungenspitze ihre vollen Lippen. Sie sagte, sie würde ihm gerne noch einen blasen, gleich jetzt.

»Zum Freundschaftspreis«, fügte sie lächelnd hinzu.

Schellfisch wandte sich ab, die Decke hing tief, vor dem Gemälde des französischen Romantikers Théodore Géricault blieb er stehen: »Das Floss der Medusa«. Er hatte es auf dem Schwarzmarkt in Tunis erstanden, eine Fälschung von Wolfgang Beltracchi[5]. Der Mann war äußerst talentiert, er konnte sogar die Unterschriften von Picasso, Gauguin und Monet fälschen, ohne dass ihm die Sachverständigen der Auktionshäuser auf die Schliche kamen. Melissa hatte den Kapitän in die Souks hinter der Großen Moschee geführt, ein Labyrinth überwölbter, enger Gassen aus der Zeit der Hafsiden. Hier hatten Goldschmiede und Teppichhändler ihre Läden, Künstler ihre Werkstätten und Wolfgang Beltracchi in einem Hinterzimmer seine Fälscherwerkstatt. Melissa arbeitete tagsüber für einen Hungerlohn im Nationalmuseum von Bardo und beaufsichtigte den Saal mit den punischen Götterstatuen. Abends setzte sie sich jeweils in die *Harry's Bar* des *Sheraton Tunis* und akquirierte Kunden für Wolfgang Beltracchi. Die Pool-Bar hatte einen direkten Zugang von außen, und das hatte einen guten Grund. Hier konnten sich junge Tunesierinnen die fehlenden Dollars für die Prada-Tasche oder die Cartier-Armspange verdienen. Melissa wollte beides, eine goldene Cartier-Armspange aus der legendären Love-Serie und eine Provision von Wolfgang Beltracchi. Sie hatte eines Abends wie üblich mit einem einzigen Blick die Besucher gescannt und sich neben Schellfisch gesetzt. Doch der Seebär hatte nicht reagiert. Nach einer Weile hatte sie ihn beiläufig gefragt, ob die Zimmer im Sheraton eine Regenwald-Dusche hätten. Schellfisch hatte sie kurz angeschaut und bejaht, und eine Zehntelsekunde später hatte er sie nochmals angeschaut und begriffen, dass sie unter seine Regenwald-Dusche wollte. Von da an hatte sie ihm jeden Abend römische Marmorköpfe mit abgeschlagenen Nasen aus dem geplünderten Lager des Nationalmuseums gebracht. Zwei Jahre zuvor, 1984, waren unter Präsident Habib Bourguiba die »Brot-Unruhen« ausgebrochen, nachdem die Regierung über Nacht die Nahrungsmittelsubventionen massiv gekürzt hatte und die Lebensmittelpreise entsprechend explodiert waren. Die Menschen hatten Lebensmittelgeschäfte geplündert und römische Antiquitäten aus den Museumslagern gestohlen, um mit dem Erlös ihre Familien zu ernähren.

Melissa kehrte wieder zum Bett zurück und spielte die Schüchterne, die schamhaft ihren nackten Körper bedeckt: »Wieso schluckst du nicht Sildenafil? Das tun fast alle meine Kunden in deinem Alter. In jungen Jahren nimmt die Frau die Pille, und fünfzig Jahre später ist der Mann dran.«

»Das verträgt sich schlecht mit einem *Old Glen Douglas*.«

Als Melissa ihn fragend anschaute, sagte er, das sei seine Hausmarke, ein schottischer Whisky aus den Highlands.

»Ich glaube, du hast ein verdammt großes Problem mit Alkohol.« Sie schaute ihm tief in die Augen.

»Eigentlich nur ohne«, antwortete Schellfisch und mimte den Ahnungslosen.

»Weißt du«, grinste Melissa, »wenn der große Mann säuft, dann wird der kleine Matrose schwermütig und streicht die Segel, das ist völlig normal. Du solltest tagsüber Wasser trinken.«

Schellfisch verwarf entsetzt die Hände, sagte, Trinkwasser sei voller Keime und Bakterien, in einem *Old Glen Douglas* habe es hingegen genug Alkohol, um all dieses Zeug abzutöten. Er hob warnend den Zeigefinger und flüsterte in konspirativem Ton, dass er sich noch ganz genau erinnern könne, wann er zuletzt Wasser getrunken habe: »Das war am 3. März 1983, also vor drei Jahren. Ich bin auf einer Lotterie-Annahmestelle zusammengebrochen und erst wieder auf der Intensivstation aufgewacht.« Er beobachtete Melissa, sie war skeptisch.

»Sie mussten mir eine Infusion legen und mir *Old Glen Douglas* zuführen! Damit ich wieder auf die Beine käme.«

Melissa verzog den Mund zu einer Grimasse und fragte, was denn an diesem 3. März 1983 Besonderes vorgefallen sei.

»Ich weiß es nicht«, antwortete Schellfisch mit weit aufgerissenen Augen, »aber irgendetwas Großes muss damals geschehen sein. Und ich sage dir, es hatte nichts mit einem *Old Glen Douglas* zu tun.«

Schellfisch setzte sich auf die Bettkante, er war deprimiert: »Wir fahren bald in den Hafen von La Valletta ein und ich habe keine Ahnung, was ich hier verloren habe.«

»Soll das ein Scherz sein?«, fragte Melissa. Sie musterte den alten Kapitän besorgt.

»Ich schippere seit drei Jahren im Mittelmeer herum, weil mir das Monsieur Hergé so aufgetragen hat. Aber ich habe keine Ahnung, was ich hier soll. Ich frage mich manchmal: Wer bin ich eigentlich?«

»Du leidest aber nicht etwa unter …«

»Alzheimer? Kannst du vergessen! Mein Problem ist Monsieur Hergé! Behandelt man so gute Freunde?«

Schellfisch hatte sich wieder auf die Bettkante gesetzt und starrte auf die verstreuten Kleidungsstücke am Boden. Melissa setzte sich neben ihn und griff ihm neckisch in den Schritt: »Komm schon, mein Junge, Mama kriegt das wieder hin.«»Ich bin nicht dein Junge«, sagte Schellfisch mürrisch und schob ihre Hand weg, »und auch nicht dein *Sugar Daddy.*« Er sagte, er habe ihr soeben etwas erklären wollen, aber sie höre nie zu. Sie habe nur eines im Sinn.

»Meine Cartier-Armspange«, grinste Melissa und griff ihm erneut in den Schritt. Schellfisch packte ihr Handgelenk und riet ihr, damit aufzuhören. Er schritt zum Lavabo, etwas hüftsteif, und starrte in den Spiegel. Nachdenklich fuhr er sich über den Bart. Irgendetwas schien sich zu verändern. Verlor die Haut an Elastizität, war sie spröde geworden? Dann entdeckte er ein paar weiße Haare an der Schläfe. Täuschte er sich oder waren die Wangen etwas eingefallen? James, der Butler, hatte ihm einmal gesagt, man müsse sich keine Sorgen machen, wenn man im Alter grau werde und an Gewicht zulege, beunruhigend sei, wenn man im Alter plötzlich abnehme. James wusste eine Menge, denn er hockte den ganzen Tag über in der Schlossküche und schaut sich Dokus auf CNN an.

Melissa schlüpfte in ihr schwarzes Tangahöschen und zog sich die gelbe Sommerbluse über: »Letzte Nacht hast du mir erzählt, sie hätten dir das Kapitänspatent entzogen. Wenn das stimmt«, foppte ihn Melissa, »solltest du besser an Bord bleiben, denn wenn sie dich bei der Einreise kontrollieren, landest du im Knast.«»Den *Fahrausweis* haben sie mir entzogen«, rief Schellfisch zornig und drehte sich um. Die Erinnerung an James' Bemerkung hatte ihn verunsichert. Er richtete drohend seinen Zeigefinger wie die Spitze einer Harpune auf Melissa, »aber nie, hörst du, noch nie hat man einem Schellfisch das Kapitänspatent entzogen.« Er wandte sich wieder dem Spiegel zu und fuhr sich mit weit gespreizten Fingern durch das Haar, »weder mir noch meinen Vorfahren«, sagte er wie zu sich selbst und starrte erschreckt auf die ausgefallenen Haare im verchromten Lavabo.

»Du hattest Vorfahren?«, neckte ihn Melissa. Sie zog ihre zerschlissenen Designer-Jeans an und schlüpfte in ihre blauen Beach-Sandalen.

»Natürlich!«, polterte Schellfisch, »denkst du etwa, ich sei vom Himmel gefallen? So was Absurdes könnte höchstens Monsieur Hergé einfallen.«

3

Hören Sie das Ticken?

Tintin-Lutin stand im rotbraun tapezierten Boudoir im ersten Stock. Auf einer Kommode aus der Zeit von Louis XIV. stand eine bronzierte Pendule. Sie zeigte zwei mit Lendenschurz bekleidete Afrikaner, die eine offene Sänfte trugen. Unter der Liege hing eine Uhr, darauf saßen »Paul et Virginie«, das seinerzeit berühmte Liebespaar von Jacques-Henri Bernardin de Saint-Pierre. Tintin-Lutin beugte sich zur Uhr und horchte.

»Kommen Sie schon rein, James! Ich weiß, dass Sie an der Tür lauschen.«

James betrat das Boudoir und sagte gekränkt, er sei nur zufällig vorbeigekommen, weil er die Appartements lüfte.«

»Die Uhr läuft, James, hören Sie das Ticken?«

»Ja, das ist mir seit einiger Zeit schon aufgefallen. Jedes Mal, wenn ich das Boudoir betrete, zeigt sie eine andere Zeit an.«

»Wissen Sie warum?«

»Weil die Zeit vergeht, Monsieur.«

Tintin-Lutin warf James einen irritierten Blick zu: »Aber Monsieur Hergé hatte uns doch versprochen, dass wir nie altern würden. Und jetzt soll ich mir jeden Tag anschauen, wie die Zeit vergeht und ich älter werde?«

James rang verlegen nach Worten, schließlich sagte er, dass es für den Menschen schwierig sei zu akzeptieren, dass auch er ein Verfalldatum habe, wie jede Ententerrine auch, und deshalb versuche er mit Hilfe religiöser Fantasien die beschränkte Lebensdauer in die Unendlichkeit zu verlängern.Tintin-Lutin schüttelte enerviert den Kopf und verließ das Boudoir: »Hat CNN Sie zum Atheisten gemacht?«

»Eher die Wissenschaft, Monsieur«.

Sie traten auf den breiten Flur, der zu den einzelnen Appartements führte und in der Mitte zur breiten Ehrentreppe. Gemeinsam stiegen sie ein paar Stufen tiefer und blieben auf dem Etagenpodest stehen. Von hier aus überblickte man die Empfangshalle. Die hohen Wände waren mit monumentalen Gemälden behangen, das Parkett in einem dunklen Fischgrätenmuster gelegt. James stieg die restlichen Stufen hinunter und blieb vor einer drei Meter hohen Holz-Statue stehen, die links vom Entrée stand. Sie zeigte den stolzen Krieger Lapu-Lapu: »Sie können auch zu Lapu-Lapu beten, wenn Sie fest daran glauben.«

»James!«, schimpfte Tintin-Lutin, »Monsieur Hergé ist in einem streng katholischen Milieu aufgewachsen, er war bei den katholischen Pfadfindern, besuchte katholische Schulen, wurde von katholischen Priestern unterrichtet, und später arbeitete er für katholische Printmedien, wie konnte er bloß einen Atheisten aus Ihnen machen?«

Beide blieben vor Lapu-Lapu stehen. James sagte, die Abwesenheit von Hergé habe bei ihm wohl auch zur Abwesenheit Gottes geführt. Im Übrigen habe Monsieur Hergé mit zunehmendem Alter in Krisensituationen nicht nur Priester, sondern auch Kartenleger, Astrologen und Esoteriker konsultiert. Er war durch und durch abergläubisch.«

»Hören Sie auf damit, James«, sagte Tintin-Lutin genervt und machte ein paar Schritte auf die andere Seite des Eingangs. Hier stand eine original Bornholmer Standuhr aus dem 19. Jahrhundert.

»Mir scheint, Monsieur Hergé hat nicht nur die Kontrolle über Sie verloren, sondern auch über die Zeit. Schauen Sie mal das Pendel. Es schwingt auch ohne Monsieur Hergé. Schauen Sie sich das an!«

»Mir fällt nichts Besonderes auf.«

»Das Pendel! Das Pendel bewegt sich! Auch diese Uhr läuft! Ich hasse dieses Geräusch, es kommt mir vor, als würden wir angezählt.«

James suchte nach den passenden Worten und sagte, in gewissem Sinne würde jeder Mensch gleich nach der Geburt angezählt: »Die Uhr läuft und läuft, und eines Tages läuft sie nicht mehr, dann ist die Zeit abgelaufen. So ist das Leben, Monsieur.«

Tintin-Lutin verwarf die Hände und wandte sich von James ab: »Nein, James, da ist was Größeres im Gange. Zwischen meinen Reisen in den Kongo und den Abenteuern in Nicaragua ist fast ein halbes Jahrhundert vergangen. Ich bin nie gealtert, fünfzig Jahre lang bin ich nicht gealtert, und jetzt ist plötzlich alles anders. Wieso? Was ist passiert? Es muss vor ungefähr drei Jahren geschehen sein!«

James mutmaßte, dass Hergé vielleicht das Interesse an Schloss Cheverny und ihren Bewohnern verloren habe.

»Ich muss ihn jetzt endlich sprechen«, schimpfte Tintin-Lutin, »es wird von Tag zu Tag dringender.«

James vermutete, dass auch der Meister der Ligne claire ihm keine klare Antwort geben würde, das sei schon immer sein Stil gewesen, freundlich lächeln und geschickt ausweichen: »Wissen Sie, was er einmal zu mir gesagt hat? *Manchmal sag ich etwas und sofort habe ich Lust das Gegenteil zu sagen*[6].«

»Wollen Sie damit etwa andeuten, dass er ein notorischer Lügner ist?«

»Er ist wie ein nasser Fisch, er wird Ihnen schmeicheln und sagen, dass Sie der berühmteste Reporter Ihrer Generation sind.«

»Das war einmal«, winkte Tintin-Lutin ab, »wenn das nächste Mal ein Magazin behauptet, ich sei ein Rassist, sterbe ich den medialen Tod.[7]«

Tintin-Lutin durchquerte den Marinesaal und setzte sich in seinen Fernsehsessel. Er drückte die Replay-Taste und verfolgte erneut die tonlose Wetterprognose. James beugte sich nach vorn und sprach eindringlich auf ihn ein: »Sie könnten es nochmals schaffen, Monsieur! Nochmals eine richtige Reportage, die alles vergessen macht! Fliegen Sie endlich auf die Philippinen! Die Kongo-Geschichte ist doch schon Jahre her, das war 1931!«

»Die Medien vergessen nie, James«, echauffierte sich Tintin-Lutin, »das sollten Sie wissen. Seit Ihnen der Kapitän diesen portablen Fernseher geschenkt hat, sitzen Sie die ganze Zeit in der Küche und schauen CNN-Dokumentationen. Nicht erstaunlich, dass Sie in diesem christlichen Haus zum Atheisten geworden sind.«

James senkte beschämt den Kopf.

»Wenigstens lauschen Sie nicht mehr so oft an den Türen.«

»Ich bilde mich weiter«, sagte James trotzig und nahm eine würdevolle Haltung ein, »ich stamme aus einfachen Verhältnissen, Monsieur, meine Eltern konnten mir keine höhere Ausbildung bezahlen. Sie sollten es schätzen, wenn sich die Dienerschaft weiterbildet. Ich habe alle CNN-Dokumentationen über die Kongogräuel gesehen, und ich muss Ihnen gestehen, ich habe geweint.«

Tintin-Lutin schaute erstaunt hoch: »Sie haben geweint?«

»Ja, ich habe geweint. Wieso schreiben Sie nicht etwas über die Kongogräuel?«

»Ich kann nicht, James, Monsieur Hergé legt mein Reiseprogramm fest. Ich habe gar nichts zu sagen, er allein bestimmt, wohin ich reise und ob ich reise und ob der Kapitän mich begleitet oder nicht. Aber er meldet sich ja nicht mehr! Wir sitzen den ganzen Tag hier herum und warten auf Monsieur Hergé!« James suchte nach tröstenden Worten, aber als sich Tintin-Lutin wieder Marie-Louise van Cutsem zuwandte, zog er es vor, zu schweigen. Mit graziösen Handbewegungen kündigte die schöne Wetterfee erneut Orkanböen bis zu 190 km/h an. James wollte sich diskret zurückziehen.

»Es war ja nicht einmal meine Idee!«, rief Tintin-Lutin zornig, um James am Weggehen zu hindern, »diese dümmliche Reportage, das war die Idee von Monsieur Hergé!«

»Es war auch nicht die Idee von Monsieur Hergé«, wagte James zu widersprechen, »es war die Idee des Abbé Norbert Wallez, dem Herausgeber und Chefredaktor des *Le Vingtième Siècle*. Er machte 1928 den damals 21-jährigen Hergé zum Chef der Kinderbeilage *Le Petit Vingtième*. Ohne Wallace hätte Ihnen Monsieur Hergé Mickey-Mouse-Ohren gezeichnet. Das war damals populär. Es war auch Pater Wallez, der einen Hund wollte und erst noch einen, der sprechen konnte, damit sich die beiden unterhalten konnten. Auch sprechende Tiere waren damals populär. Benjamin Rabier wurde mit seiner sprechenden Ente »Gédéon« der erfolgreichste Kinderbuchautor Belgiens. Sowohl Pater Wallez als auch Hergé hatten seine Bücher verschlungen. Einer seiner Charaktere war ein etwa achtjähriger Junge mit blonder Haartolle und Golfhosen, der allerlei Streiche spielte. Er hieß Martin, aber seine Mutter nannte ihn Tintin-Lutin.«

»Wie bitte?«, fragte Tintin-Lutin, »Sie meinen, meinen Namen hat er von einem Kerl, der sprechende Enten zeichnete?«

»Ja«, sagte James verlegen, »Monsieur Hergé sagte manchmal, er habe die Bücher Benjamin Rabiers[8] gelesen, ein andermal sagte er, er habe sie gar nicht gekannt.«

»Sie wollen mir weismachen, ich sei ein Plagiat?«

»Das würde ich nie behaupten, Monsieur, aber Pater Wallez wollte kein Kind, sondern einen jungen Erwachsenen, denn der Mann Gottes hatte eine Mission.«

Tintin-Lutin warf James einen skeptischen Blick zu: »Woher wollen Sie das wissen?«

»Ich lausche nicht nur an den Türen oder schaue mir in der Küche CNN-Dokus an, ich lese auch, und ich habe sämtliche Hergé-Biografien bestellt, die seit 1959 erschienen sind. Vielleicht finde ich darin die Antwort, wieso sich Monsieur Hergé nicht mehr meldet.«

»Ist ja schon gut, James, und was war nun die Mission von Pater Wallez?«

»In seinem Büro hing ein Bild von Mussolini[9], mit einer persönlichen Widmung[10] des Duce. Wallez war wie alle belgischen Katholiken jener Zeit ein Antibolschewik, er wollte Sie als erstes in die damalige Sowjetunion schicken, um den Kommunismus zu entlarven. Monsieur Hergé hat sich mehrmals dazu geäußert und gesagt: *»Ich war damals 22, die Bösen, das waren die Sowjets, vergessen Sie nicht, dass ich damals einer katholischen Zeitung angehörte, die extrem rechts politisierte, katholisch bis in die Politik. Es war der Abbé Norbert Wallez, der alles dirigierte, und selbstverständlich dachten wir alle wie er. Damals widersprach man nicht. Und ich mochte ihn gut und das ist vor allem der Grund, wieso ich wie er dachte.« (…) Meine einzige Lektüre war »Moskau ohne Schleier«[11], das Buch von Joseph Douillet, eines ehemaligen belgischen Konsuls, erschienen 1929.[12]«*

»Ich wollte auf meiner zweiten Reise nach Amerika, aber Hergé schickte mich in den Kongo.«

»Weil Wallez die Kolonialpolitik unseres Königs rechtfertigen wollte.«

Tintin-Lutin wurde zunehmend verstimmter: »Hören Sie auf! Hergé war gerade mal dreiundzwanzig, und er wusste nur das, was ihm Wallez erzählt hatte. Schwarze galten als dumm, arbeitsscheu und unfähig. Man glaubte, nur die Peitsche der überlegenen weißen Rasse könne das Land vorwärts bringen. So dachten damals alle.«

»Es geht nicht nur um Rassismus, Monsieur, es geht um die Kongogräuel, das Massaker an zehn Millionen Kongolesen. Die Konzessionsgesellschaften unseres Königs versklavten in den Jahren 1888 bis 1908 Zehntausende von Kongolesen und zwangen sie zur Arbeit auf den Kautschukplantagen ihrer Majestät. Wer sein Tagessoll nicht erfüllte, dem wurde oft die linke Hand mit der Machete abgehackt. Bilder von Körben mit amputierten Gliedmaßen gingen damals um die Welt.«

»Hören Sie auf damit!«, warf Tintin-Lutin ein. »Als Hergé 1930 die ersten Seiten zeichnete, war der Völkermord an den Kongolesen seit zweiundzwanzig Jahren beendet.«

James verzog keine Miene und fuhr unbeirrt fort: »Monsieur, wenn ich mir die Bemerkung erlauben darf: aus heutiger Sicht liegt der Holocaust nicht zweiundzwanzig, sondern einundvierzig Jahre zurück. Können wir uns noch daran erinnern? Fotos von verstümmelten Kautschukarbeitern gingen damals um die Welt und schockierten die Öffentlichkeit. Mark Twain publizierte eine Anklageschrift.[13] Zahlreiche Autoren haben sich auch Jahrzehnte später noch damit auseinandergesetzt, wie sich auch heutige Autoren noch mit den Verbrechen der Nazis auseinandersetzen. Hergé arbeitete auf einer Zeitungsredaktion und er wusste von all dem nichts?«

Tintin-Lutin rang nach Worten, schließlich sagte er, das seien Jugendsünden, auch Monsieur Hergé habe ein Anrecht auf das Vergessen, »aber gegen die Medien haben Sie keine Chance. Jede Verleumdung haftet an Ihnen wie die eingetrocknete Milch eines Kautschukbaumes.«

»Das sind keine Verleumdungen, Monsieur, das sind überprüfbare Fakten.«

Tintin-Lutin empörte sich und rief: »Hergé hat es bereut, James!«

»Wirklich? Monsieur Hergé hat stets gesagt: *»Ich entschuldige mich nicht, ich erkläre mich.«*[14] Er war ein Rassist ohne Reue[15], das einzige, wofür er sich geschämt hat, war, dass ihn die Oper langweilt.«[16]

Tintin-Lutin verwarf die Hände. Wie ein Häufchen Elend saß er zusammengesunken in seinem Chesterfield-Sessel und wartete darauf, dass James seine Aussage relativierte. Doch dies hatte Letzterer nicht im Sinn, im Gegenteil. Er beugte sich zu Tintin-Lutin und flüsterte: »Und was ist Hergé zu den Morden an zehn Millionen Kongolesen eingefallen? Lauter lustige Geschichten.«

James nahm wieder eine stramme Haltung ein und blieb schweigend zwischen den Säulen, welche die offene Galerie im Obergeschoss stützten, stehen. Er machte wieder einen auf »Queen's Guard«. Schließlich räusperte er sich, als bäte er um Aufmerksamkeit: »Noch einen kleinen Drink?« Er hatte Mühe, beim Einschenken das Gleichgewicht zu halten. Plötzlich kippte er nach vorne, stürzte mit dem Old Glen Douglas in der Hand auf Tintin-Lutin, der Flaschenhals bohrte sich zwischen Tintin-Lutins Schenkel. Mit einem Aufschrei warf Tintin-Lutin den Kopf zurück und starrte an die blau eingefärbte Stuckdecke, die sich wie vorbeiziehende Wolken ostwärts bewegte. James richtete sich an der Armlehne hoch und versuchte, sich auf den Beinen zu halten, stolperte rückwärts, drehte sich um die eigene Achse und schoss nach vorne, um nicht zu stürzen. Er prallte gegen den geöffneten Türflügel, griff sich an den Kopf, strauchelte erneut und knallte gegen die Wand. Er wollte sich abstützen, aber an der Wand war ein Elefantenzahn montiert. Diesen riss er aus der Verankerung und fiel rückwärts auf den Perserteppich. Tintin-Lutin war ihm gefolgt und über Lapu-Lapus Speer gestolpert. Er stürzte der Länge nach hin und begrub James unter sich. Im Liegen raunte er James zu, er solle endlich diesen gottverdammten Friedhof an den Wänden abhängen. Ein Vegetarier inmitten von Tierleichen! Diese Schlagzeile hätte gerade noch gefehlt: Kongo-Reporter säuft inmitten seiner Jagdtrophäen. Autonome Jugendbanden würden Schloss Cheverny abfackeln und uns alle teeren und federn.« Filou rannte herbei und sprang auf Tintin-Lutins Schultern, dann begann er ihm den Nacken zu lecken.

»Monsieur«, keuchte James und rappelte sich hoch, »ich bin nicht befugt, die Jagdtrophäen abzuhängen. Ich müsste den Professor fragen, denn er hat das Schloss mit dem Erlös aus seinem Motorola-Patent erworben und der wiederum müsste Monsieur Hergé …«

»Wo steckt eigentlich der Professor?« unterbrach ihn Tintin-Lutin, »vielleicht hat er etwas von Monsieur Hergé gehört.« James half ihm hoch. Ein martialisches Motorengeräusch drang von außen in den Marinesaal.

Tintin-Lutin und James traten ins Freie und stiegen die breite Steintreppe zum kiesigen Vorplatz hinunter. In diesem Augenblick donnerte ein schwarzer Mähtraktor mit eingeschalteten Front-Scheinwerfern über den englischen Rasen. Auf der gepolsterten Sitzschale saß ein dünner Hüne in einem weißen Laborkittel. Er hatte eine Stirnglatze, zerzaustes Haar, einen kräftigen Schnauz und trug eine runde, randlose Brille. Auffallend war der abnorm lange Hals, der aus dem gestärkten weißen Kragen herausragte.[17]

»Professor!« rief ihm Tintin-Lutin zu.

Der Professor schien ihn nicht zu hören. Er bediente eine Seenotpistole, die zum Abfeuern von pyrotechnischer Signalmunition verwendet wird.

»Vorsicht!«, rief James und riss Tintin-Lutin zu Boden. Er legte sich schützend über ihn. Hinter den Baumwipfeln tauchte eine Drohne auf, die nun im Tiefflug auf sie zukam. Der Professor zielte auf die Drohne und feuerte einen Schuss ab. Ein Feuerball schoss in den Himmel und zog einen leuchtenden, rotgelben Schweif nach sich. Im gleichen Augenblick gingen im Haus alle Lichter aus. Die Drohne zerschellte auf dem Vorplatz und hinterließ eine Furche im Kiesboden. Der Professor stieg von seinem Rasentraktor, inspizierte die zerschellte Drohne und lüftete kurz seinen Hut, als wolle er den Schrotthaufen begrüßen. Aber er trug keinen Hut.

»Professor! Das ist bereits das dritte Mal in diesem Jahr, dass Ihnen eines ihrer fliegenden Spielzeuge aus dem Labor entwischt!« Tintin-Lutin eilte auf den Professor zu, doch dieser wiegelte ab und sagte, für eine Pressekonferenz sei es noch zu früh, »das waren lediglich tausend Ampere.«

James zeigte entsetzt auf das verdunkelte Hauptgebäude: »Ihre Erfindung hat sämtliche elektrischen Geräte im Haus lahmgelegt.«

»Gerne« antwortete der Professor, »eine knusprig gebratene Rosmarin-Entenbrust mit Rote-Bete-Salat.«

»Sie sollten Ihr Hörgerät anziehen«, schrie Tintin-Lutin, »haben Sie bereits wieder vergessen, wie man es einstellt?«

»Nein, ich verkaufe das Patent nicht. Käme es in falsche Hände, könnte es den Dritten Weltkrieg auslösen. Bei einem Blitzschlag werden Ströme von 30 000 Ampere freigesetzt, aber meine eBomb wird eine Potenz von 10 Millionen Ampere haben, damit setzen Sie eine ganze Stadt außer Betrieb – ohne dass ein Mensch dabei verletzt wird. Ein afghanischer Ziegenhirt aus dem Hindukusch könnte im Alleingang den Elysée-Palast einnehmen.«

»Monsieur le professeur«, sagte James mit lauter Stimme, »hat Ihnen Monsieur Hergé diese Erfindung aufgetragen? Haben Sie mit ihm gesprochen?«

Der Professor stieg wieder auf seinen Traktor: »Und falls Sie Monsieur Hergé sehen, richten Sie ihm bitte meine Grüße aus und sagen Sie ihm, dass ich ihn dringend sprechen muss. Die 80er-Jahre scheinen mir doch sehr anspruchsvoll zu sein. Erfindungen, die früher bis zu ihrer Marktreife noch ein halbes Jahrhundert brauchten, muss ich jetzt in wenigen Monaten zur Marktreife entwickeln.«

Der Professor tuckerte hinter das Haus. James und Tintin-Lutin wechselten einen irritierten Blick.

»Hatten Sie auch den Eindruck, er sei gealtert?«, fragte Tintin-Lutin.

»Ja«, antwortete James gequält, »das war auch gerade mein Gedanke.«

Ratlos standen die beiden auf dem Vorplatz und ließen den Blick über die Zedern und Linden schweifen, als könnten sie in den Baumkronen eine Antwort finden.

»Vielleicht haben Sie Recht«, sagte James, »und es ist etwas Merkwürdiges im Gange.«

»Wir müssen Monsieur Hergé finden!«

James schlug vor, mit der Detektei Alexis & Léon Pinkerton[18] Kontakt aufzunehmen.«

»Ja«, sagte Tintin-Lutin, »rufen Sie die beiden an.«

»Wie denn? Die Telefonleitungen sind bestimmt wieder tot.«

»Dann rufen Sie den Elektriker!«

James neigte den Kopf zur Seite und schaute Tintin-Lutin an, als wolle er ihn fragen, ob er nicht begriffen habe, dass er auch keinen Elektriker anrufen könne.

»Aber Sie haben doch Beine, James, oder?«

4

Avenue Louise, Bruxelles

Ein Hupkonzert riss Léon Pinkerton aus dem Sekundenschlaf. Er saß am späten Abend am Steuer seines Citroën 2CV und schüttelte sich vor Schreck.

»Die Ampel zeigt grün«, murmelte sein Bruder Alexis und gähnte. Er saß neben Léon und zeigte mit dem Kinn Richtung Ampel.

»Ich bin doch nicht blind.«

»Wieso fährst du dann nicht los?«, fragte Alexis und wurde allmählich wach.

»Ich fahre ja los!«

»Nein, du fährst nicht«, ärgerte sich Alexis, »wir stehen vor einer Ampel, und die Ampel zeigt grün, und hinter uns hupen die Leute, und irgendeiner wird jetzt gleich den Verstand verlieren.« Alexis atmete tief durch.

»Ich dachte, das seien Hooligans«, sagte Léon kleinlaut, »war gestern Abend nicht das Cupspiel?«

»Ich weiß nicht, ob gestern Abend ein Fußballspiel ausgetragen wurde«, sagte Alexis zerknirscht, »aber ich weiß, dass die Ampel jetzt auf grün steht …«, dann schrie er, »… und du endlich losfahren solltest!«

Léon verzog das Gesicht und fuhr los, trat jedoch gleich wieder auf die Bremse: »Es ist rot«, rief er entsetzt.

»Ja, jetzt ist wieder rot, aber vorhin war grün.«

Léon machte eine unwirsche Handbewegung: »Entscheidend ist, was jetzt ist, gibst du mir Recht, Alexis?«

»Entscheidend ist, was zur Tatzeit war«, korrigierte ihn Alexis, »und da war grün, aber Monsieur Léon Pinkerton schlief gerade, obwohl es seine Idee war, dass unsere Detektei einen Slogan braucht. ›We never sleep‹ heißt er, aber du schläfst die ganze Zeit. Mir scheint, du wirst unserem Slogan nicht mehr gerecht, du wirst alt.«

Léon trat gekränkt aufs Gas und fuhr los: »In meinem Alter braucht man acht Stunden Schlaf und weißt du, wie spät es war, als uns James aus dem Bett geklingelt hat?«

»19 Uhr 35, Alexis. Auch für den Butler von Schloss Cheverny war es 19 Uhr 35.«

»Wieso muss eigentlich immer ich die Wohnungstür öffnen?«

»Weil ich dir Feuerschutz gebe, wenn jemand bei uns an der Tür klingelt. Du würdest nicht einmal ein Scheunentor treffen. Auch deine Sehkraft hat abgenommen.«

»Ist ja schon gut, Alexis, aber für heute ist dein Kontingent an Komplimenten aufgebraucht.«

Schweigend fuhren sie durch den spätabendlichen Verkehr. Nach einer Weile sagte Alexis, dass diese Geschichte mit Monsieur Hergé doch ziemlich merkwürdig sei, »auch in unserer Agentur hat er sich seit drei Jahren nicht mehr gemeldet. Laufen bei uns keine Ganoven mehr herum? Gibt es auf diesem Planeten nichts mehr zu entdecken?«

»Alexis, das ist sogar eine sehr merkwürdige Geschichte, da muss ich dir Recht geben. Der arme James war völlig außer Atem. Ich dachte, jetzt bricht er gleich zusammen und fällt in unsere Kakteensammlung.«

»Dabei hätte er es längst verdient, in Pension zu gehen.«

Léon pflichtete ihm bei, aber James sei noch vom alten Schlag: Die sterben aufrecht, das Servierbrett in der Hand …«

»… und während sie tot zusammenbrechen, verschütten sie keinen einzigen Tropfen«.

Wortlos fuhren sie durch die Nacht und hielten nach einiger Zeit hinter einem roten Subaru.

»Hattest du auch den Eindruck, dass James gealtert ist?«

»Ja«, sagte Léon überrascht, »genau das ging mir durch den Kopf, als ich ihn sah.«

»Seltsam«, murmelte Alexis und sagte, er habe mal gelesen, dass Leute über Nacht weiße Haare kriegen, er wisse nicht, ob das wahr sei. »Aber James …«

»Hat denn James überhaupt noch Haare?«

»Natürlich weiß ich, dass James kahl ist«, echauffierte sich Alexis, »ich meinte ja nur, als Beispiel …«

»Wenn es bloß ein Beispiel war, solltest du auch sagen, dass es ein Beispiel ist, sonst versteht dich kein Mensch.«

»Machst du wieder auf kompliziert?«, herrschte ihn Alexis an, »fahr gescheiter los!«

»Wir stehen vor einer Ampel. Da vorne ist eine Ampel!«

»Du meinst, der rote Wagen vor uns steht vor einer Ampel?«

»So ist es, Alexis. Der Wagen vor uns steht vor einer Ampel.«

Nach einer Weile sagte Alexis, der rote Wagen stünde schon sehr lange vor dieser Ampel, aber er sehe keine Ampel und es bestünde der begründete Verdacht, dass es da vorne gar keine Ampel gebe und dass der rote Wagen bloß geparkt sei.

»Alexis«, begann Léon vorsichtig, »denkst du auch, was ich gerade denke?« Er warf seinem Bruder einen schüchternen Blick zu.

»Léon«, sagte Alexis streng, »ich weiß nicht genau, was du denkst, aber ich denke, wir denken das Gleiche.«

»Ich würde sogar sagen, wir denken genau das Gleiche.«

»Und was ist es?«, fragte Alexis schulmeisterlich und hob die Augenbraucn.

»Und was es ist? Es ist eben das Gleiche.«

»Léon, überleg mal: Woher kommen all diese Autos? Seit zwei oder drei Jahren sieht man keinen einzigen Citroën 2CV mehr auf den Straßen. Wohin sind die verschwunden? Und der rote Wagen vor uns, das ist kein französischer Hersteller.«

»Oh, das ist ein interessanter Punkt, Alexis. Denkst du, wir haben uns verfahren, wir sind im Ausland?«

Alexis Pinkerton stieg aus und stampfte zum vorderen Wagen. Er beugte sich zum Fahrerfenster, schüttelte den Kopf und setzte sich wieder in den Citroën 2CV.

»Wir sind nicht im Ausland, Léon, und der rote Wagen da vorne steht auf einem Parkfeld. Du kannst ihn also überholen, aber stell den Blinker.«

Léon fuhr etwas zurück, ein dumpfer Knall ließ sie zusammenzucken, dann fuhr er links auf die Fahrspur und beschleunigte.

»Was war das für ein Knall?«

»Das klang wie ein Blechschaden.«

»Das *war* ein Blechschaden.«

Schweigend fuhren sie durch die Nacht. Nach einer Weile sagte Léon, er verstünde nicht, wieso Monsieur Hergé sie in dieser lahmen Ente zum Einsatzort fahren lasse. »Es hätte in seiner Macht gelegen, uns einen Daimler Benz mit 7,6-Liter-Motor und 300-Liter-Tank zur Verfügung zu stellen.«

»Damit wären wir aufgefallen«, sagte Alexis und hob belehrend den Zeigefinger, »wir sind incognito unterwegs, Léon und Alexis Pinkerton, ›We never sleep‹.«

»Du hast Recht, ›We never sleep‹, Léon und Alexis Pinkerton. Incognito!«

»Jawohl, incognito!«

Léon bog in die Avenue Louise und hielt hinter einem schwarzen BMW. An der Fassade hing ein rundes Firmenschild, *Studios Hergé.* Die beiden Brüder nickten sich zu.

»Wenn er morgen hier zur Arbeit erscheint, werden wir ihn zur Rede stellen!«, sagte Alexis.

»Uhrenvergleich«, sagten beide im Chor und schauten auf ihre Armbanduhr.

»Wir beginnen jetzt mit der Observation des Objektes.«

»Wer schläft zuerst?«

5

La Valletta

Schellfisch und Melissa standen auf dem Vorderdeck der »Neptun five«, einem ehemaligen Fischereischiff von dreissig Metern Länge, und lehnten an der Reling. Vor ihnen türmten sich die wuchtigen Hafenmauern von La Valletta. Sie genossen die frische Brise, die ihnen ins Gesicht blies. Schellfisch trug eine braune Hängetasche aus genarbtem Rindsleder über der Schulter. Eine Antenne ragte heraus. Schellfisch nahm eine Pfeife aus der Hosentasche, eine Prise Tabak aus der Brusttasche, und stopfte diese in die Brennkammer: »Einer meiner Vorfahren war damals dabei, als sie 1553 die Türken abwehrten. Er war Mitglied des Johanniterordens. Und während des zweiten Weltkrieges haben wir hier die Faschisten abgewehrt.«

»Wir? Bist du Amerikaner?«

»Sicher nicht! Monsieur Hergé mochte Amerika nicht. Er hätte deshalb nie einen Amerikaner zum Helden gemacht. Er hasste die Moderne und Amerika. Das waren für ihn Al Capone, Ölbarone und gierige, jüdische Bankiers. Deshalb waren meine berühmten Vorfahren schottische Seefahrer und keine Amerikaner.«

Melissa grinste: »Gut, dass wir darüber gesprochen haben, aber ist dir noch nicht aufgefallen, dass ich mich eher für die nahe Zukunft interessiere? Ich würde gerne was Feines essen und anschließend ins Plaza-Einkaufszentrum nach Sliema.«

Schellfisch wies sie zurecht, sie solle endlich mal zuhören. »Ich erzähle nicht irgendeine Geschichte! Ich wollte dir die ruhmreiche Geschichte der Schellfischs im 17. Jahrhundert …«

»Wie wär's«, unterbrach ihn Melissa, »wenn du das für deine Memoiren aufsparst?«

Melissa schaute Schellfisch frech ins Gesicht. Für einen Augenblick war er irritiert, er wollte richtig wütend werden, wurde es aber doch nicht und schüttelte zerknirscht den Kopf. Verärgert kramte er einen Zettel aus seiner Brusttasche und hielt Melissa das Gekritzel unter die Nase: »46 George Borg Olivier Street, St Julian's. Kennst du den Ort? Hier ist das Auktionshaus. Die versteigern morgen Gemälde von John Kacere.«

»Interessierst du dich für Schmierereien?« foppte ihn Melissa erneut.

»Nein, aber Monsieur Hergé. Er sammelt fotorealistische Kunst, und letzte Nacht fiel mir ein, dass er möglicherweise an der Auktion erscheinen würde. Vielleicht ist das eine Möglichkeit, ihn zu treffen und ihn zur Rede zu stellen.«

Melissa wedelte mit der Hand, um den Rauch aus Schellfischs Pfeife zu lichten: »Ich dachte, dieser Monsieur Hergé schreibt Comics für Kinder.«

»Das war einmal«, sagte Schellfisch betrübt, »aber als er 1960 seine Frau Germaine[19] für eine Jüngere verließ, da hat er auch die Welt der Comics verlassen. Germaine Kieckens war stets die dominante Kraft hinter Monsieur Hergé. Ohne sie brachte er in den folgenden dreiundzwanzig Jahren gerade mal drei neue Alben zustande, während im gleichen Zeitraum René Goscinny und Albert Uderzo siebenundzwanzig neue Asterix-Bände zeichneten. Monsieur Hergé hatte einfach keine Lust mehr. Kann ich verstehen, er war dreiundfünfzig, seine neue Flamme fünfundzwanzig. Er wollte sich neu erfinden, wollte nicht mehr als Autor von Kinder-Comics wahrgenommen werden. Er wollte in den Kreis der Andy Warhols und Roy Lichtensteins aufsteigen, versuchte sich als Kunstmaler, brachte aber gerade mal siebenunddreißig Bilder auf die Leinwand. Und dann musste er sich eingestehen, dass er nie mehr als ein Sonntagsmaler[20] werde würde. Und seitdem sammelt er, was er selbst nicht zustande bringt.«

»Jedem das Seine«, meinte Melissa und zuckte die Schultern, »ich habe andere Pläne, mon capitaine.«

Schellfisch zündete seine Pfeife an und nuckelte daran: »Vielleicht solltest du mich begleiten«, sagte er nun in freundlicherem Ton, »an Kunstauktionen triffst du Leute, die richtig Geld haben, Geld zum Versauen. Wenn Sie etwas haben wollen, schnippen sie mit dem Finger und erhöhen das Angebot um zwanzigtausend. Dafür arbeitet ein Taxifahrer ein ganzes Jahr.«

Aus Schellfischs Umhängetasche drang ein leises Piepsen. Schellfisch nahm ein grauweißes Gerät heraus, das aussah wie ein Walkie-Talkie. Er führte es zum Ohr, doch er hörte nur ein Rauschen und Knacken.

»Das war der Professor«, sagte Schellfisch, »ich glaube, er hat mich wieder mit diesem griechischen Investor verwechselt.«

»Ist er dement?«, fragte Melissa.

»Er ist ein Genie!«, widersprach Schellfisch energisch, »deshalb können ihn die meisten Menschen gar nicht verstehen. Er hat sogar Patente an die Weltraumbehörde verkauft, und dieses Ding hier», er zeigte auf sein wuchtiges Telefon, das eher an einen prähistorischen Knochen erinnerte, »und das hier ist sein ›DynaTAC 8000X‹ das erste mobile Telefon der Welt. Er hat das Patent Motorola verkauft.«

»Ein Telefon ohne Kabel?«, wunderte sich Melissa und befühlte die klobige Antenne.

»Er ist manchmal etwas zerstreut, unser Professor. Telefonkabel sind seine natürlichen Feinde. Deshalb hat er ein schnurloses Telefon erfunden, damit er sich das nächste Mal nicht den Schenkelhals bricht. Aber jetzt erfindet er die Mutter aller mobilen Telefone, ein kleines Gerät, nicht grösser als ein Reisepass. Es wird mit dem Arpanet der dritten Generation verbunden sein. Das ist eine Revolution, vergleichbar mit der Erfindung des Buchdrucks; behauptet James. Alle Computer dieser Welt würden miteinander kommunizieren können. Er nennt das Projekt Internet.«

»Ohne Zweifel ein Kandidat für den Nobelpreis«, witzelte Melissa und hakte sich bei ihm ein. »Lass uns im *Scoglitti* essen. Das ist ganz in der Nähe, direkt am Wasser, mit herrlicher Aussicht auf die Skyline von Sliema.«

»Unterschätze unseren Professor nicht!«, sagte Schellfisch streng, »sein kleines Mobiltelefon wird über eine künstliche Intelligenz verfügen, und beim Telefonieren wirst du deinen Gesprächspartner als Hologramm sehen.«

Melissa verdrehte die Augen: »Ist ja schon gut, mon capitaine, aber dein Professor könnte mich höchstens interessieren, wenn er ein potenzieller Kunde wäre.«

»Weiß du was?«, sagte Schellfisch, »du klingst allmählich wie eine Sprechblase aus einem gottverdammten Comic!«

»Land in Sicht!«, rief Melissa, »ich bin gerettet.« Sie zwinkerte dem Kapitän zu: »Und wenn du mich nicht zum Essen einladen willst, gehe ich alleine hin. Dann sind meine Chancen eh grösser, Mister Rich zu finden.«

Schellfisch war nicht nach Scherzen zumute. Melancholisch ließ er den Blick über die Kirchtürme der *Our Lady of Mount Carmel* schweifen. Sie überragten die barocken Paläste der Altstadt wie erigierte Penisse und stürzten Schellfisch endgültig in eine Depression.

6

Metzgerei Sans-Poil[21]

In den frühen Morgenstunden riss der brachiale Klang eines Jagdhorns die Menschen der Umgebung aus dem Schlaf. *Paris s'éveille*[22]. Léon hatte vor einer Metzgerei geparkt und war über dem Lenkrad seines 2CV eingenickt. Dabei hatte er beim Aufprall versehentlich die Hupe ausgelöst. Alexis war sofort hellwach und wollte Léon die Leviten lesen, doch dieser mimte den Unschuldigen und sagte wie üblich, dass er acht Stunden Schlaf brauche, sonst würde er nicht funktionieren. Und wenn man nicht mindestens sechs Stunden schlafe, nehme man an Gewicht zu. In der Liegenschaft gegenüber gingen die Lichter an. Ein untersetzter Mann in weißer Schürze trat aus der Metzgerei. Er klopfte an die Windschutzscheibe: »Sie können hier nicht parken, Sie versperren die Zufahrt, die gehört zur Metzgerei *Sans-Poil*, wir kriegen gleich eine Lieferung, eine halbe Sau.«

Alexis kurbelte das Fenster runter und zeigte auf das runde Firmenschild: »Sind hier nicht die Studios Hergé?«

»Nein, Monsieur, die wurden vor drei Jahren geschlossen, nur das Firmenschild hängt noch da.«

»Und? Wo sind all die Leute hin? Monsieur Hergé beschäftigte doch gegen fünfzig Koloristen in den Studios.«

»Sind Sie schwerhörig? Fahren Sie los, gleich kommt die halbe Sau, fahren Sie endlich, oder ich rufe die Polizei.«

»Wir sind schon da, Detektei Alexis und Léon Pinkerton, ›We never sleep‹«, sagte Alexis mit böse zusammengekniffenen Augen.

»Und ich bin George Clooney«, schrie der Metzger und stemmte die Hände in die Hüften, »und wenn Sie nicht sofort verschwinden, drehe ich Sie durch den Fleischwolf und mache aus Ihnen des Boulettes de viande.«

»Frag ihn«, sagte Léon leise, »ob er auch Cordon bleu verkauft.«

»Wir sind im Dienst«, herrschte ihn Alexis an und musterte den Metzger mit strengem Blick: »Können Sie uns nähere Angaben machen, wo sich der Gesuchte aufhält?«

Beide stiegen mit ernster Miene aus dem Wagen und nahmen den Metzger in die Zange. Der Metzger wich einen Schritt zurück: »Ich hörte, er sei schwer krank geworden, er litt ja seit Jahren an einer Blutarmut, Anämie oder so was«, er hob abwehrend die Hände, »mehr weiß ich nicht, er wurde ja im Alter Veganer, war kein guter Kunde.«

»Krank?« Die beiden Pinkertons wechselten einen Blick.

Léon fragte, ob Monsieur Hergé vergiftet worden sei.

Alexis tippte sich an die Schläfe: »Wieso gleich vergiftet? Vielleicht hatte er es auch mit der Prostata. Wie du.«

Der Metzger ging entnervt in seinen Laden zurück und rief jemanden. Léon stieß Alexis den Ellbogen in die Seite: »Was verstehst du schon von Medizin? Er sagte doch Anämie und nicht Prostata. Und wenn er nur krank geworden wäre, müssten wir ja nicht ermitteln.« Er senkte die Stimme und fragte leise, was der Kerl da drinnen mache. Alexis antwortete ebenso leise, dass er Hilfe anfordere, einen Cousin oder so: »Dein Gehör lässt nach, Léon, so hat's beim Professor auch angefangen.«

»Das sind die Chemtrails«, flüsterte Léon mit weit geöffneten Augen, »die zerstören den Hörnerv und auch noch die Libido.«

»Auch das noch«, murmelte Alexis und zeigte zur Metzgerei. Der Inhaber trat wieder ins Freie und sagte mit energischer Stimme, seine Frau würde seinen Onkel Arthur anrufen, der würde herkommen und nicht lange fackeln.

»Welcher Onkel?«, fragte Léon verstört.

»Léon, ich glaube, du brauchst tatsächlich deine acht Stunden Schlaf, damit deine sieben Sinne zufriedenstellend funktionieren.« Alexis erklärte dem Metzger, dass sie hier seien, um herauszufinden, wo sich Monsieur Hergé aufhalte.

»Mein Onkel ist bereits unterwegs, der war in der Fremdenlegion, also setzen Sie sich in Ihren Schrottkarren und starten Sie durch! Dégagez![23]« Er schlug die flache Hand auf das Dach des Citroën, »Salut les copains!«

Léon zupfte Alexis am Ärmel und fragte ihn, wieso er plötzlich die Prostata erwähnt habe, »jetzt spür ich sie wieder, kaum hast du es ausgesprochen, spür ich sie wieder. Der Arzt sagte mir, meine Prostata habe bereits die Größe einer Christbaumkugel.« Alexis wandte sich an den Metzger: »Darf mein Bruder kurz bei Ihnen austreten? Seine Prostata hat bereits die Größe einer Christbaumkugel.«

»Wir öffnen erst um acht, Monsieur«, sagte der Metzger und stellte sich nun breitbeinig vor den Ladeneingang. Am Ende der Straße erschien ein breitschultriger Kerl.

»Ich will ja kein Schnitzel kaufen, sondern austreten«, sagte Léon, »nur kurz.«

»Wir sind keine öffentliche Bedürfnisanstalt, wir verkaufen Schnitzel und Würste und ja, es ist uns gewerkschaftlich verboten vor acht zu öffnen, und die Versicherung bezahlt nichts, wenn wir einen Kunden, der gar kein Kunde ist, auf die Toilette lassen und er sich dort das Genick bricht.«

»Wieso sollte ich mir dort das Genick brechen?«, ereiferte sich Léon und presste die Schenkel zusammen, »haben Sie soeben den Boden nass aufgewischt?«

»Léon! Du gehst jetzt über die Straße und suchst dir drüben einen Baum, denn da vorne naht die Fremdenlegion!«

Alexis wandte sich zum Metzger und fragte, wann er Monsieur Hergé zum letzten Mal gesehen habe.

»Das war am 25. Februar 1983«, gab dieser zu Protokoll, »ich erinnere mich noch genau, weil meine Frau mir an diesem Tag mitteilte, sie wolle sich scheiden lassen. Einen solchen Freudentag vergisst man nicht so schnell. Ich sehe noch das Krankenauto vor dem Schaufenster, sie tragen Monsieur Hergé heraus. Er hat das Bewusstsein verloren, irgendeine Fehlfunktion der Lunge sagte eine Mitarbeiterin später. Sie führten ihn direkt in die »Clinique Saint Jean« am Boulevard du Jardin Botanique.«

Der Onkel von der Fremdenlegion hatte nun die Metzgerei erreicht und fragte mit grimmigem Blick, ob es hier Ärger gebe. Sein Neffe gab ihm ein Zeichen, noch abzuwarten. Léons Stöhnen unterbrach sie. Léon hatte gerade die Fahrbahn überquert und bewegte sich in kleinen, aber hastigen Schritten hinter einen Baum. Sie wollten ihr Gespräch fortsetzen, als ein Hund in der Nähe heftig zu bellen begann. Auf der gegenüberliegenden Straßenseite hinkte eine alte Frau ihrem angeleinten Dalmatiner hinterher. Léon kam eiligst hinter dem Baum hervor, doch der Hund packte ihn am Bein und die Halterin schlug mit dem Regenschirm auf Léon ein, bis er stürzte: »Wüstling! Sie sollten sich schämen! Ich rufe die Polizei!«

»Sie kniet vor Ihnen, Madame!«

7

Professor Riklin, Zürich

In Genf verließen Tintin-Lutin und Filou den TGV und suchten eine Telefonzelle auf. Tintin-Lutin wollte sich bei der Detektei Pinkerton nach dem Stand der Ermittlungen erkundigen. Léon saß in der Büroküche und pellte ein Ei. Er sagte, er wolle mit Alexis die Spitäler absuchen.

Tintin-Lutin und Filou setzten ihre Reise fort und nahmen den ICN nach Zürich. Die morgendliche Rushhour war vorbei, die Pendler an ihrem Arbeitsplatz. Dreieinhalb Stunden würde die Fahrt dauern. Filou hatte den Sitz beim Fenster für sich alleine. Tintin-Lutin döste vor sich hin, warf ab und zu einen Blick auf die Rebberge, die am Fenster vorbeizogen und dachte, dass auch Monsieur Hergé im Jahre 1959 diese Zugreise angetreten hatte, um mehr über sich zu erfahren. James hatte ihm alles erzählt: Raymond De Becker, Hergés ehemaliger Chefredaktor bei der damals nazifreundlichen Tageszeitung *Le Soir,* hatte ihm den Psychiater Franz Riklin, einen Schüler von C. G. Jung, empfohlen. Hergé steckte damals in einer Krise. Er hatte die fünfzig bereits überschritten, zwei Nervenzusammenbrüche erlitten und träumte von weißen Flächen. Der Humor war ihm abhanden gekommen. Er bezahlte dem Autor Bernard Heuvelmans[24] 250 belgische Francs für jeden Gag, den er in einem Album einbauen konnte. Hergé wusste weder ein noch aus und verstand nicht, was in ihm vorging. Er war zwischen zwei Frauen hin- und hergerissen. Normalerweise hätte seine

Frau Germaine das Problem gelöst, wie sie auch in all den gemeinsamen Jahren alles Unangenehme für ihn erledigt hatte. Doch diesmal war Germaine Teil des Problems, Hergé hatte sich in eine junge Koloristin verliebt, die in den Hergé-Studios arbeitete: Fanny Vlaminck.[25] In dieser schier ausweglosen Situation hatte sich Hergé zuerst einem Priester und dann seinem Freund Raymond De Becker anvertraut, der 1946 als Nazi-Kollaborateur zum Tode verurteilt worden war und später begnadigt wurde. Seitdem unterstützte Hergé seinen ehemaligen Chef, der mittlerweile von Depressionen geplagt wurde, finanziell. Und nun war auch Tintin-Lutin in dieses schwarze Loch gefallen, und er dachte, vielleicht könnte Riklin ihm helfen, wie er auch Hergé auf seine Art geholfen hatte.

Als der Zug ohne Halt durch den Bahnhof von Vevey fuhr, dachte Tintin-Lutin an ein Abenteuer, das er hier einmal erlebt hatte, und ihm fiel auf, dass er mit Monsieur Hergé nie über seine freiwillige Arbeit in der nazifreundlichen Redaktion von Raymond De Beckers *Le Soir* gesprochen hatte. Wann hätte er dies auch tun sollen? Er war ja ständig unterwegs. Monsieur Hergé hatte ihn um die ganze Welt geschickt, von einem Abenteuer zum nächsten. Vielleicht hatte James Recht, und er hatte tatsächlich all die Dinge tun müssen, vor denen sich Monsieur Hergé gefürchtet hatte. War er etwa bloß die Marionette von Monsieur Hergé gewesen?

Gegen Mittag verließen Tintin-Lutin und Filou den Zürcher Hauptbahnhof und nahmen die Brücke über die Limmat. Sie flanierten durch die engen Gassen der Altstadt mit all ihren kleinen Boutiquen und Restaurants. Tintin-Lutin hätte gerne länger hier verweilt, aber wenn Monsieur Hergé keine Aufträge mehr vergab, machte das wenig Sinn. Mit gemischten Gefühlen stiegen Tintin-Lutin und Filou den Hang zu den prächtigen

Stadtvillen hinauf, Belle Epoque, stattliche Bauten, die mit immergrünen Hecken und üppigem Buschwerk voneinander getrennt waren und deren Besitzer allesamt jünger waren als die knorrigen, alten Bäume, die den Neugierigen die Sicht versperrten und den Bewohnern Schatten spendeten.

Professor Riklin wohnte in einer geschmackvoll renovierten Villa, einem spätklassizistischen Herrenhaus mit Anklängen an den italienischen Landhausstil. Filou markierte gleich seine Ankunft und pinkelte ans Gartentor. Erst dann drückte Tintin-Lutin die Glocke und stellte sich vor das Kameraauge. Jemand fragte ihn nach seinem Namen und ließ ihn dann das Grundstück betreten. Eine Assistentin, die Tintin-Lutin spontan an die Wetterfee Marie-Louise van Cutsem erinnerte, begleitete ihn zum Arbeitszimmer von Professor Riklin. Sie klopfte zweimal an die Tür und kündigte den Gast an:

»Besuch aus Brüssel, Professor, Monsieur Tintin-Lutin.«

Ein älterer Herr mit schlohweißem, schütterem Haar und kräftigem Schnauz setzte seine runde Nickelbrille auf und wandte sich Tintin-Lutin zu. In seinem Tweed-Anzug von Henry Poole & Co. machte er den Eindruck eines zufriedenen britischen Aristokraten. Monsieur Hergé hätte viel dazu sagen können, dachte Tintin-Lutin, denn Hergés Vater war ja Schneider gewesen und ihm war Londons älteste Schneiderei auf Londons Savile Row bestimmt bekannt. Professor Riklin erhob sich, etwas steif, wie Tintin-Lutin schien, und wies zu den bleiverglasten Fenstern mit den eingearbeiteten Wappenscheiben. Er musterte Tintin-Lutin mit einem ungläubigen Lächeln, als sie sich die Hand reichten und in den schweren Ledersesseln Platz nahmen. Nur ein kleiner gläserner Beistelltisch trennte die beiden und Tintin-Lutin fiel auf, dass dieser runde Tisch mit der feinen Metalleinfassung große Ähnlichkeit mit Riklins Brille hatte und dass auf der Glasscheibe ein Brief lag. Auch, dass der Brief schon ziemlich vergilbt war. Doch das Merkwürdige daran war, dass der Brief an ihn, Tintin-Lutin, adressiert war.

»Worüber möchten Sie sprechen? Über Georges Remi oder Hergé? Das ist nicht dasselbe, das eine ist der Mythos, das andere der Mensch.«

Tintin-Lutin nickte und starrte erneut auf den vergilbten Brief, aber Riklin ignorierte es, obwohl er ihn immer noch mit Argusaugen fixierte: »Hergé hatte Sie einmal erwähnt, aber später habe ich mich oft gefragt, ob es Sie überhaupt gibt. Er hatte mich damals aufgesucht, weil er in einer Krise steckte. Ich habe heute Morgen nochmals meine damaligen Notizen angeschaut. Es war der 7. Mai 1959[26]. Ich riet ihm, seine Dämonen zu töten.«

»Dämonen?«

»Ja, Reinheit, Keuschheit, Makellosigkeit. Ich sagte ihm, er müsse akzeptieren, dass er nicht makellos sei. Er hatte zahlreiche Affären, die seine Ehe belasteten. Ich riet ihm, die Arbeit niederzulegen, doch noch im gleichen Monat trennte er sich nicht von seiner Arbeit, sondern von seiner langjährigen Ehefrau Germaine. Sie war die starke Frau für den Aufstieg des Georges Remi, nun wollte er eine ganz junge Frau für das Leben des Monsieur Hergé, ein bildhübsches Model, das seine Tochter hätte sein können. Am 7. Mai war er hier. Ende Mai hatte er sich bereits von Germaine Kieckens getrennt. Als sie Hergé kennenlernte, war er ein unreifer Teenager. Sie hat ihn zum Mann gemacht, und als er zum Mann gereift war, wurde sie zur mütterlichen Freundin degradiert, und er ließ keine Affäre mehr aus.«

Der Professor machte eine kurze Pause und lächelte, als wollte er sagen, dass er Hergé verstehe, bedeute nicht, dass er sein Tun gutheiße: »Meine Aufgabe besteht nicht darin, zu richten, sondern den Menschen zu helfen, sich selbst zu erkennen. Was führt Sie zu mir?«

»Letzte Woche, es war ein Sonntag, da ist es mir erneut aufgefallen. Ich stand unter der Dusche …«

Tintin-Lutin brach den Satz ab. Der Professor ließ ihm Zeit. Er hatte sich entspannt in seinem braunen Ledersessel zurückgelehnt, das eine Bein über das andere geschlagen. Er nuckelte ab und zu an seiner Pfeife, während Tintin-Lutin die einschüchternde Bibliothek des Professors musterte. Nach einer Weile fragte ihn der Professor, ob er ihm erzählen wolle, was ihm unter der Dusche aufgefallen sei.

»Ein weißes Haar«, antwortete Tintin-Lutin leise und senkte beschämt den Kopf, »genauer gesagt, es war ein weißes Schamhaar. Ich weiß, das mag jetzt lächerlich klingen …«

»Aber nein, wenn es Sie beschäftigt, ist es nicht lächerlich. Was haben Sie beim Anblick dieses weißen Schamhaares gefühlt?«

Unruhig ließ Tintin-Lutin den Blick über den Arbeitstisch des Professors gleiten. Er hatte einige Bücher gestapelt, aus denen kleine Zettelchen herausragten. Berge von Manuskripten türmten sich, und Tintin-Lutin befürchtete plötzlich, dass Filou das alles zum Einsturz bringen könnte, aber Filou saß ausgestreckt vor dem Schreibtisch und beobachtete mit dem linken Augen den Professor.

»Sie entdeckten also ein weißes Schamhaar«, versuchte Professor Riklin erneut Tintin-Lutins Aufmerksamkeit zu gewinnen, »hat Sie das beunruhigt?«

»Es war nicht das erste weiße Haar, das mir ausfiel. Vor drei Jahren hat das alles angefangen, und es wird immer schlimmer. Aber dieses weiße Schamhaar war anders als alle andern, es kam mir vor wie Schimmel. Ich wollte kürzlich ein Mandarinenjoghurt essen. Der Verschluss war nicht dicht, das Joghurt verschimmelt. Daran musste ich denken, als ich das weiße Schamhaar sah. Ich realisierte, dass auch der Mensch ein Verfallsdatum hat.«

Der Professor sagte, das sei der ewige Kreislauf der Natur, das sei so normal wie die vier Jahreszeiten. Er sprach mit ruhiger, einfühlsamer Stimme.

»Nein!«, stieß Tintin-Lutin hervor, »Monsieur Hergé sagte mir stets, ich würde nie älter werden, er erklärte mir, dass zwar alles vergänglich sei, aber ich, ich würde nie sterben, ich würde ewig leben, ich würde nie altern und meine blonde Tolle würde nie ergrauen und kein Haar würde mir je ausfallen.«

Professor Riklin sog nachdenklich an seiner Pfeife und musterte Tintin-Lutin: »Und dann haben Sie dieses weiße Schamhaar entdeckt?«

Tintin-Lutin nickte und schaute verzweifelt zum Professor auf. Riklin ließ sich Zeit, schließlich fragte er Tintin-Lutin, ob er manchmal von Hergé träume.

»Ja«, sagte Tintin-Lutin erleichtert. Er war froh, dass ihn der Professor mit Fragen von seinen düsteren Gedanken erlöste, »ja, letzte Nacht habe ich wieder von ihm geträumt. Er erscheint stets wie ein Riese. Er trägt einen eleganten Trenchcoat und bewegt sich wie ein Aristokrat. Er lächelt gönnerhaft, alles an ihm ist makellos.«

»Ja, die Makellosigkeit ...«

Tintin-Lutin stockte, er hatte den Faden verloren.

»Sie sagten eben, Sie hätten von Hergé geträumt.«

»Ja, genau, er erscheint mir immer öfter und erzählt mir stets dasselbe, aber es klingt jedes Mal bedrohlicher.«

Tintin-Lutin starrte an Riklin vorbei auf die farbigen Wappenscheiben.

»Möchten Sie mir sagen, was Ihnen Hergé erzählt?«

Tintin-Lutin schreckte hoch, fuhr sich mehrmals unruhig über das Gesicht: »Sie müssen wissen, in den Studios war er ein Gott, er war Hergé. Dort konnte er sehr impulsiv sein. Seine Koloristen im Studio können ein Lied davon singen, und wenn er wütend wurde, sagte er Dinge, die andere Menschen am nächsten Tag bereut hätten. Aber Monsieur Hergé hat nie etwas bereut.«

»Wollen Sie mir mehr über *diese Dinge* erzählen?«

»Er schleuderte mir ins Gesicht, dass, wenn er eines Tages stirbt, auch ich sterben werde. Er sagte, mit seinem Tod ende auch mein Leben. Niemand könne ihn ersetzen. Er sei mein Schöpfer. Und es würde nie einen anderen Schöpfer geben.«

»Ist Hergé denn gestorben?«

»Ich weiß es nicht«, stieß Tintin-Lutin hervor, »er antwortet nicht mehr, das ist es ja gerade, was mich so beunruhigt, und dann dieses weiße Schamhaar, ein klares Indiz für einen fortschreitenden Alterungsprozess, es ist beängstigend.« Tintin-Lutin hielt kurz inne und rief dann entsetzt: »Oh, mein Gott, könnte der plötzliche Alterungsprozess ein Hinweis darauf sein, dass Monsieur Hergé gestorben ist?«

Der Professor sagte, das wäre eine logische Erklärung, aber nicht alles, was einen Sinn ergebe, sei wahr.

»Ich habe viele gefährliche Reisen unternommen«, sagte Tintin-Lutin leise und beugte sich nach vorn, »aber noch nie hatte ich solche Angst. Und manchmal«, flüsterte er, »habe ich Angst vor der Angst. Als ich heute morgen im Zug unterwegs war, überlegte ich plötzlich, ob ich die Notbremse ziehen, aussteigen und die Rebberge hinunterrennen sollte, fliehen.«

»Sie wollten fliehen? Wovor wollten Sie fliehen?«

Tintin-Lutin schüttelte energisch den Kopf: »Ich fühle mich nicht gut in letzter Zeit, ich bin oft niedergeschlagen, antriebslos, so traurig. Seit ich dieses weiße Haar gesehen habe, habe ich das Gefühl, mein Leben sei gelaufen, bevor es zu Ende ist. Mir scheint, es gehe von nun an nur noch bergab. Manchmal denke ich, dass ich gar nicht mehr existiere. Wer würde mich vermissen, wenn ich nicht mehr da wäre?«

Der Professor zeigte auf Filou. Dieser bemerkte, dass über ihn gesprochen wurde und begann mit dem Schwanz zu wedeln.

»Treiben Sie Sport?«

»Ich schaue mir manchmal Sportsendungen an. Manchmal kaufe ich mir eine Haartönung in Aubergine. Ich habe auch schon darüber nachgedacht, mir eine Harley Davidson zu kaufen, enge Lederhosen und eine schwere Jacke mit Metallknöpfen, aber dann packte mich wieder diese Angst. Ich weiß gar nicht, wie ich all diese Abenteuer bestehen konnte. Ich bin nur noch ein Schatten meiner selbst, und daran ist Monsieur Hergé schuld, er sollte sich melden und mich in ein neues Abenteuer schicken.«

»Haben Sie schon einmal daran gedacht, sich selbst ein Ziel zu setzen?«

»Manchmal denke ich, ich sollte etwas ganz Verrücktes tun: ein Michael-Jackson-Konzert besuchen, lässig in T-Shirt und Jeans, mich betrinken, eine Nacht im Bordell verbringen, aber ich verbringe den Tag meistens im Trainingsanzug, obwohl ich nichts für meine Fitness mache, und warte auf Monsieur Hergé. Ohne ihn bin ich ein Nichts, ohne ihn bin ich nicht.«

»Haben Sie eine Freundin?«

»Marie-Louise van Cutsem, ihre Freunde nennen sie Milou.«[27]

»Erzählen Sie mir mehr über Marie-Louise. Wohnt ihr zusammen?«

»Nein«, antwortete Tintin-Lutin und lachte verlegen.

»Sie sehen sich oft?«

»Ich sehe sie jeden Tag. Sie ist die Wetterfee im Vorabendprogramm.«

Professor Riklin fragte, wie oft er Marie-Louise privat sehe.

»Das letzte Mal war vor zehn Jahren. Leider will sie mich nicht mehr sehen.«

»Hatten Sie Streit?«

»Nein, ich weiß nicht, wieso sie mich nicht mehr sehen will. Da müssten Sie Monsieur Hergé fragen.«

Riklin hob die Augenbrauen und fragte, ob er der Dame geschrieben habe.

»Sie beantwortet meine Briefe nicht. Und … Und sie hat mich blockiert, ich kann sie auch nicht mehr anrufen.«

Riklin hob das Kinn und wippte nachdenklich mit dem Kopf.

»Sie hat auch eine gerichtliche Verfügung erwirkt, die mir verbietet, mich näher als zwanzig Meter von ihrem Wohnort entfernt aufzuhalten.«

Riklin nahm die Pfeife aus dem Mund und rieb seine Nase, als wollte er sie in die Länge ziehen: »Hatten Sie seit der Trennung von Ihrer Freundin Marie-Louise andere körperliche Kontakte zum weiblichen Geschlecht?«

»Körperliche Kontakte kenne ich nur von den Sicherheitskontrollen am Flughafen, wenn sie die Passagiere abtasten, aber ich reise ja nicht mehr. Was ist es, Herr Professor? Burnout?«

»Burnout, Midlife Crisis, das ist die Krise in der Lebensmitte. In dieser Zeit sinkt das psychische Wohlbefinden auf den Nullpunkt. Man wird von einer inneren Unruhe geplagt und ist permanent unzufrieden, obwohl eigentlich alles in bester Ordnung ist.«

»Bei mir ist nichts in Ordnung«, widersprach Tintin-Lutin, »nachts wache ich schweißgebadet auf und frage mich: War's das jetzt? Wer bin ich gewesen?«

Riklin nickte verständnisvoll mit dem Kopf und gab Tintin-Lutin das Gefühl, dass er hier verstanden wurde. Der Professor sprach ruhig und einfühlsam und sagte, dass sich in der Lebensmitte erste körperliche Veränderungen bemerkbar machten: »Sie produzieren weniger Sexualhormone, das sorgt für plötzliche Stimmungsschwankungen, das ist das maskuline Klimakterium. Die hormonelle Umstellung verändert ihren Körper. Obwohl Sie sich noch genau gleich ernähren, entstehen plötzlich überall Speckrollen. Dante beschrieb die Krise in der Lebensmitte als Hölle, und Carl Gustav Jung nannte sie den Nachmittag des Lebens, und der könne nicht so aufregend sein wie der Vormittag. Aber am Abend kommt man wieder zur Ruhe. Dann ist das Leiden der Seele zu Ende, weil sie ihren Sinn gefunden hat.«

»Ohne Monsieur Hergé hat mein Leben keinen Sinn«, stieß Tintin-Lutin hervor.

»Deshalb müssen *Sie* Ihrem Leben einen neuen Sinn geben. Niemand kann Ihnen diese Arbeit abnehmen. Wollen wir das nächste Mal gemeinsam darüber nachdenken?«

Professor Riklin schaute beiläufig auf seine Armbanduhr, aber doch so, dass es Tintin-Lutin nicht entging. Dann zeigte er auf das vergilbte Couvert auf dem Beistelltisch: »Hergé hat diesen Brief damals für Sie zurückgelassen, das war vor siebenundzwanzig Jahren, im Jahre 1959. Er sagte, eines Tages würden Sie mich aufsuchen und dann sollte ich Ihnen diesen Brief übergeben.«

Der Professor erhob sich und überreichte Tintin-Lutin den Brief. Filou tippelte bereits zur Tür und wartete. Aber Tintin-Lutin hatte noch so viele Fragen. Er wollte den Brief gleich öffnen, in Anwesenheit des Professors, doch Riklin hielt ihn davon ab: »Hergé sagte, Sie sollten ihn erst öffnen, wenn Sie wieder zu Hause sind, umgeben von ihren Freunden. Denn der

Brief betreffe auch Ihre Freunde und Sie würden der Hilfe Ihrer Freunde bedürfen, wenn Sie diese Zeilen läsen.«

Tintin-Lutin war hin- und hergerissen. Eine vage Frage lag ihm noch auf der Zunge, doch Riklin legte ihm die Hand auf die Schulter und begleitete ihn mit sanftem Druck zur Tür: »Und wenn Sie wieder ein weißes Schamhaar bemerken: Reißen Sie es einfach aus.«

8

St. Julians, Malta

»Mann über Bord!« Melissa lag mit dem Kapitän in einer Junior Suite des Hotel Hilton in St. Julians. Sie schubste Schellfisch vom Bett runter und schrie erneut: »Mann über Bord!« Mit einem dumpfen Knall schlug der Kapitän auf dem Boden auf. Er war sofort hellwach, rappelte sich auf, taumelte, griff sich an die Stirn, hielt sich an der Nachttischlampe fest, riss diese zu Boden und stürzte erneut.

»Oh«, mimte Melissa Anteilnahme, »hast du schlecht geträumt, haben etwa Piraten dein Schiff gekapert?«

Der Kapitän torkelte in Richtung Balkon, riss die Türflügel auf und trat hinaus. Mit zittrigen Händen hielt er sich an der Brüstung fest und starrte auf das Meer hinaus. Melissa warf sich das Betttuch wie eine römische Stola über die Schulter und blieb hinter dem Kapitän stehen. Schellfisch keuchte, noch ganz benommen von seinem Albtraum. Er sagte, er sei im Traum in Managua gewesen und General Somoza habe ihn erschießen wollen, weil er die Sandinisten unterstützt habe. Er drehte sich nach Melissa um: »Ich verstehe das nicht, das war in den 70er-Jahren, wieso träume ich von General Somoza?«

»Das nächste Mal fragst du ihn, bevor du erschossen wirst«, amüsierte sich Melissa, »oder du fragst Monsieur Hergé. Hast du ihn gestern Abend getroffen?«

»Nein«, seufzte Schellfisch, »er war nicht da.«

»Oh, ich dachte, ihr hättet eine lange Aussprache, du kamst erst gegen Mitternacht ins Hotel zurück.«

»Ich war noch auf ein Glas in einer Bar.

»Die haben hier verdammt große Gläser.«

Schellfisch ignorierte ihre Bemerkung und starrte an ihr vorbei: »Aber weißt du, was mir aufgefallen ist?«

»Nein«, sagte Melissa, »du kannst es mir beim Frühstück erzählen. Ich muss jetzt etwas essen, sonst krieg ich schlechte Laune.«

Lustlos schritt Schellfisch das Frühstücksbuffet ab und begnügte sich mit Speck und Bohnen. Melissa hingegen stapelte Croissants, Schinken, Käse, Eier, Weißwürstchen und Fetakugeln auf ihren Teller. Sie setzten sich an einen Tisch mit Sicht auf das Meer. Melissa biss in ihr Croissant und sagte mit vollem Mund, jetzt könne er weitererzählen. Und sorry, wenn der Magen knurre, sei sie unausstehlich.

»Mir fiel damals auf«, begann Schellfisch, »dass mein Freund in Managua keine Golfhosen mehr trug, verstehst du?«

»Nein«, sagte Melissa und trank einen Schluck frisch gepressten Orangensaft.

»Tintin-Lutin hatte sich verändert, bei unserem letzten Abenteuer trug er zum ersten Mal keine Golfhosen mehr, sondern Jeans. Im Hotelzimmer machte er Yoga-Übungen und auf seinem Motorradhelm klebte ein Peace-Zeichen. Ich habe das damals nicht weiter beachtet, aber in diesem Traum wurde mir alles klar.«

Schellfisch nahm einen Schluck Kaffee und schenkte sich gleich nach: »1976 fand unsere letzte Reise statt, unser letztes großes Abenteuer. Wir waren damals froh, dass wir diesen Terrorjunkies entkommen waren. Doch im Laufe der Jahre begannen wir uns zu wundern, wieso uns Monsieur Hergé in kein neues Abenteuer mehr schickt. Tintin-Lutin machte deshalb einen eigenen Vorschlag: die Philippinen. Er sammelte bereits Artefakte. Aber nachdem Monsieur Hergé seine Frau Germaine gegen das junge Model Fanny Vlaminck ausgetauscht hatte, besuchte er Kunstausstellungen in New York, Hongkong oder Melbourne, er reiste um die ganze Welt. Stell dir das mal vor, der Mann hatte sein ganzes Leben in einem Umkreis von dreißig Kilometern verbracht, und jetzt, mit dreiundfünfzig, reiste er selbst. Er musste seiner jungen Geliebten etwas bieten. Tintin-Lutin und ich, wir alle, wir gerieten in Vergessenheit. Wir waren ihm nicht mehr gut genug, wir waren lästig geworden, das tut weh. Und eines Morgens, ich erinnere mich noch genau, als sei es heute passiert, da blieb die Morgenerektion aus. Normalerweise stand das Ding solide wie die rotweiße V-2-Rakete[28] von Wernher von Braun. Aber an diesem Morgen kam meine Gurke nicht vom Fleck. Es war der 3. März 1983, das vergisst ein Mann nicht so schnell, ich schaute mir gerade die Morgennachrichten an. In Kalifornien waren bei sintflutartigen Regenfällen viele Menschen ums Leben gekommen, auch der Süden Australiens war nach verheerenden Buschfeuern von Überschwemmungen heimgesucht worden, in den *Galeries Royales Saint-Hubert* standen die Leute Schlange, um die erste Swatch zu kaufen, aus den Lautsprechern hörte man »Billie Jean« von Michael Jackson, und als ich am Nachmittag die Lottoannahmestelle aufsuchte, sackte ich plötzlich zusammen, ich fühlte mich elend und griff mir ans Herz. Ich dachte, so fühlt es sich an, wenn man stirbt. Ich starb nicht. Ich spürte eine große innere Leere. Es war, als hätte man mich schutzlos in der Wüste ausgesetzt, aber ich bin nicht verdurstet, doch von diesem Tag an wurde ich älter, Tag für Tag. Das war neu, denn ich bin bis dahin nie gealtert – seit ich 1943 Tintin-Lutin beim Brüsseler Chocolatier *Mary Delluc* begegnet war.

»Warst du damals auch schon ein Schluckspecht?«

»Rum! Ich trank Rum aus Jamaika. Monsieur Hergé zuliebe wechselte ich dann auf den schottischen *Old Glen Douglas*. Aber seit diesem 3. März 1983 habe ich nie mehr etwas von ihm gehört, dabei war 1983 das *Internationale Jahr der Kommunikation*. Und welchen Tag haben wir heute?«

»Den 20. März 1986. Der Frühling steht vor der Tür«, sagte Melissa mit vollem Mund. Schellfisch steckte sich ein Stück Frühstücksspeck in den Mund und schüttelte unaufhörlich den Kopf: »Nicht mal eine Ansichtskarte aus Chile, Down Under oder den Seychellen. Früher verschickten sich anständige Leute noch Ansichtskarten.«

»Lass uns nach Sliema fahren. Komm, wir gehen.«

»Wir können nicht.«

»Warum nicht?«

»Wir warten auf Hergé.«

»Ah!«

9

Clinique Saint Jean

Léon und Alexis Pinkerton fuhren in ihrem verbeulten Citroën 2CV in die Tiefgarage der »Clinique Saint Jean« am Boulevard du Jardin Botanique. Alexis hatte eine braune Schachtel mit der Aufschrift »Confiserie Paul« auf den Knien. Sie fuhren drei Parkgeschosse tiefer, dann wieder rauf, schließlich sahen sie, dass jemand ein Parkfeld verließ. Léon drückte aufs Gas und spurte rasch ein, um zu verhindern, dass der ungeduldige Fahrer hinter ihm, er fuhr einen schwarzen Hummer H2 SUT, ihn überholte und den freigewordenen Parkplatz besetzte. Léon schrammte dabei den Betonpfeiler zur linken Seite. Der kahlgeschorene Fahrer des Hummer fuhr langsam an ihnen vorbei, er hielt dabei den Arm aus dem Fenster, einen muskulösen Oberarm mit einem Tribe Tattoo auf dem mächtigen Bizeps. Er krümmte langsam den Mittelfinger und richtete die Spitze nach oben.

»Wir bleiben im Wagen sitzen« flüsterte Léon und verriegelte die Tür.

»Gib acht, dass du nicht aus Versehen schon wieder die Hupe drückst. Mister Tattoo könnte das missverstehen. Menschen ohne Bildung haben meistens ein ausgesprochenes Ehrgefühl, das leicht verletzt werden kann.«

Léon fragte Alexis, wieso er annehme, dass Leute mit Tattoos eine geringere Bildung hätten als Menschen ohne Tattoos. Alexis drehte sich nach Léon um und schüttelte enerviert den

Kopf: »Wir sollten gescheiter darüber reden, wieso wir eigentlich in dieser Tiefgarage sitzen. Wieso wir nicht zuerst das Haus von Hergé in Uccle aufgesucht haben. Das wäre doch das Nächstliegende gewesen.«

»Jetzt, wo du es sagst, finde ich das auch merkwürdig. Aber ich sage ja immer, ich brauche acht Stunden Schlaf …«

Alexis machte eine abschätzige Bewegung und stieg aus. Léon zögerte, zog schließlich den Zündschlüssel und stieg ebenfalls aus. Der schwarze Hummer kam nun von der anderen Seite wieder langsam auf sie zu. Der Fahrer hielt erneut den Stinkefinger aus dem Fenster und fuhr an ihnen vorbei, er suchte immer noch einen freien Parkplatz.

»Hast du diese Geste gesehen?« fragte Léon ängstlich.

»Nein«, sagte Alexis gereizt, »aber ich habe gehört, wie du den Betonpfeiler gerammt hast.«

»Was hat diese Geste wohl zu bedeuten?«

»Léon, wir können uns keinen neuen Wagen leisten, also …«

»Alexis«, verteidigte sich Léon, »wieso bin ich immer an allem schuld? Kann ich etwas dafür, dass sie hier einen Betonpfeiler hingestellt haben …«

»Erzähl mir bloß nicht wieder, dass der Betonpfeiler auf dich zugerannt sei.«

»Er stand zur falschen Zeit am falschen Ort.«

»Léon, der Betonpfeiler steht hier, weil er die Decke stützt.«

»Dann lass uns hier rausgehen, bevor die Decke einstürzt.«

Am Informationsschalter erkundigten sie sich nach Monsieur Hergé. Die Dame hinter der Glasscheibe sagte, sie hätten keinen Patienten mit diesem Namen.

»Natürlich nicht«, sagte Alexis, »Monsieur Hergé heißt eigentlich Georges Remi. Er hat den ersten Buchstaben von Vor- und Nachnamen vertauscht und daraus den Künstlernamen

R. G.[29] geschaffen: Hergé. Wahrscheinlich hat er sich unter Georges Remi eintragen lassen.«

Als die Frau keinerlei Reaktion zeigte, fügte er hinzu, dass er durchaus verstehe, dass sie einer Schweigepflicht unterliege, aber sie seien dienstlich hier.

Léon zeigte seinen Ausweis: »Detektei Pinkerton«.

Die Dame reagierte verlegen und wiederholte, dass der Gesuchte vielleicht in einem anderen Spital liege. Alexis legte die Schachtel der »Confiserie Paul« auf den Tresen: »Madame, das ist eine Saint-Honoré, die Lieblingstorte von Monsieur Hergé. Und jetzt möchte ich Sie bitten, dem Patienten, der nicht bei Ihnen ist, diese Torte zu übergeben.«

»Aber er ist nicht hier.«

»Dann wünschen wir Ihnen einen guten Appetit. Aber wir werden diese Torte nicht noch weiter mit uns herumschleppen, denn wir machen beide eine Diät, verstehen Sie? No more sugar!« Er schob die Tortenschachtel über den Tresen.

Léon und Alexis verließen den Informationsschalter und steuerten auf den Ausgang zu. Doch plötzlich blieb Alexis stehen und zwinkerte Léon zu. Sie mischten sich unter eine Besuchergruppe, die gerade die Eingangshalle betrat, und fuhren mit dem Fahrstuhl in den achten Stock. Sie meldeten sich beim Empfang und behaupteten, dass Monsieur Hergé sein Hörgerät vergessen habe und er sie deshalb gebeten habe, es vorbeizubringen.

»Hergé? *Der* Hergé? Das ist aber schon eine Weile her. Er ist nicht mehr bei uns«, sagte die Krankenschwester freundlich, »sind Sie verwandt mit ihm?«

Léon bejahte und Alexis fügte hinzu: »Sehr sogar, Madame.«

»Dann sollten Sie wissen, dass er seinerzeit ins Universitätsklinikum Saint-Luc verlegt worden ist.«

»Saint-Luc?« fragte Alexis erschrocken.

»Ja, Saint-Luc.«

»Können wir kurz austreten?« fragte Léon und tänzelte von einem Bein auf das andere.

»Vorne links sind die Besuchertoiletten.«

Léon machte sich gleich auf den Weg, Alexis lief ihm hinterher und fragte gereizt, wieso er behaupte, sie müssten austreten, er müsse nicht, jetzt glaube sie wohl, sie würden beide zusammen austreten, »und weiß der Teufel, was sie sich sonst noch dabei denkt, wenn wir beide in der Toilette verschwinden.«

»Mach mir bitte nicht dauernd Vorwürfe«, bat Léon und verschwand in der Besuchertoilette. Es dauerte eine Ewigkeit. Als Alexis hörte, wie Léon drinnen »Rien qu'une larme[30]« von Mike Brant summte, verfinsterte sich seine Miene.

»Fühlen wir uns jetzt besser?«, fragte Alexis genervt, als sie beide im Fahrstuhl ins Erdgeschoss fuhren. Léon beklagte sich, dass Alexis ständig seinen Ärger an ihm auslasse und jammerte, dass es nicht sein Fehler sei, dass er mit der Prostata Probleme habe. Und überhaupt: Mache er ihm Vorwürfe, dass er die Saint-Honoré einer wildfremden Person geschenkt habe? Die goldenen Zeiten seien vorbei, sie müssten sparen, denn wenn sie nicht bald einen neuen Ermittlungsauftrag von Monsieur Hergé erhielten, würde die Firma Pinkerton nächstes Jahr pleite sein. »Dann brauchen wir bereits zum Frühstück eine Saint-Honoré, um unseren Frust runterzuwürgen.«

»Du hast den falschen Knopf gedrückt, Léon. Wir müssen in die Autoeinstellhalle, nicht ins Erdgeschoss.«

»Non, Monsieur« sagte Léon trotzig, »wir haben an der Rezeption noch etwas vergessen.«

Als sie später den Fahrstuhl zur Autoeinstellhalle verließen, hielt Léon die offene Confiserie-Schachtel in der Hand und pickte eine mit Vanillecrème gefüllte Patisserie-Kugel von der Torte. Er steckte sie sich in den Mund und streckte Alexis die Schachtel hin. Dieser lehnte ab. Léon sagte, Zucker sei gut für den Stressabbau, das Gehirn brauche Zucker. Sie blieben stehen und schauten sich um.

»Dann weißt du bestimmt noch, wo wir den Wagen abgestellt haben.«

Léon steckte sich eine weitere Kugel in den Mund und dachte nach. Alexis fragte ihn, ob er ganz sicher sei, dass sie den Wagen im U2 geparkt hätten.

»Ziemlich sicher, du hättest ja auch schauen können«, antwortete Léon mit vollem Mund.

»Ich denke nach! Einer von uns beiden muss ja ab und zu nachdenken! Weißt du, was es bedeutet, wenn Monsieur Hergé ins Universitätsklinikum Saint-Luc verlegt worden ist?«

Sie liefen den geparkten Autos entlang und hielten Ausschau nach ihrem Wagen.

»In Saint-Luc sind sie auf Krebserkrankungen spezialisiert, Blutkrebs, Leukämie![31]«

»Oh«, machte Léon und hörte auf zu essen, »du meinst, das könnte der Grund sein, wieso Monsieur Hergé nicht mehr antwortet?« Plötzlich zeigte er nach vorne, er hatte den grauen Citroën 2CV entdeckt: »Siehst du, Alexis, kaum esse ich Zucker, finden wir unseren Wagen.«

Alexis holte tief Luft und lief rot an. Sie standen vor ihrem verbeulten Auto, doch der Wagen war eingeklemmt zwischen dem Betonpfeiler und einem schwarzen Hummer. Es war nicht möglich, einzusteigen.

»Wollen wir ihn anzeigen?«, fragte Léon streng.

»Nein, Léon, du steigst jetzt aufs Dach, schiebst die Stoffabdeckung beiseite und springst auf den Fahrersitz hinunter.«

Léon drückte Alexis die Tortenschachtel in die Hand und stieg widerwillig auf die hintere Stoßstange. Alexis legte die Torte auf den Boden und half Léon aufs Dach.

»Wieso muss *ich* eigentlich immer solche Dinge tun?«, stöhnte Léon.

»Weil du der Fahrer bist, Léon, deshalb.«

Léon rutschte aus und trat mit dem Fuß auf die Tortenschachtel, die Alexis auf dem Boden abgestellt hatte. Die beiden standen sich nun wütend gegenüber und hielten die Luft an.

»Habe ich etwa die Torte auf den Boden …«, sagte Léon.

»Bin ich etwa auf die Torte getreten?«, fiel ihm Alexis wütend ins Wort und zeigte auf das Dach, »rauf mit dir!«

Als Léon endlich auf dem Dach war, versuchte er die Stoffabdeckung zu öffnen. Dabei zerriss er den Stoff, stürzte kopfvoran ins Wageninnere und löste unfreiwillig die Hupe aus. Alexis kickte die Tortenschachtel unter den schwarzen Hummer und behielt die Umgebung im Auge.

10

Malta

Kapitän Schellfisch und Melissa liefen durch die Altstadt von La Valletta, die Triq il-Republika entlang, und hielten Ausschau nach einem Lokal. Schellfisch erzählte, wie Eisenhower und Montgomery während der Belagerung Maltas von hier aus die Invasion Italiens vorbereiteten: »Ihr Bunker würde heute noch Luftangriffe aushalten.«

»Captain?«

»Ja?«

»Wieso erzählst du mir ständig diese alten Geschichten? Das ist doch alles vorbei. Man könnte meinen, du lebtest noch in den 40er-Jahren, aber wir sind hier im 21. Jahrhundert.«

Schellfisch stutzte und strafte Melissa mit einem bösen Blick. Doch was sie soeben gesagt hatte, gab ihm zu denken. Er wollte etwas erwidern, ließ es dann aber bleiben. Ratlos blieb er vor der St. John's Co-Cathedral stehen. Da fiel ihm der Schatten auf, den Melissa an die fünfhundert Jahre alten Gemäuer des ehemaligen Bischofssitzes warf und ihm schien, dass sein eigener Schatten weniger ausgeprägt war. Das beunruhigte ihn. Sehr sogar. Er sprach erst wieder, als sie zusammen auf der Terrasse des Scoglitti saßen und gegrillter Tintenfisch sowie eine Auswahl an Meeresfrüchten serviert wurden. Schellfisch hatte keinen Appetit. Er saß tief gebeugt über einem Glas trockenen Syrah, der nicht ganz seinem Geschmack entsprach. Missmutig nahm er die Rotweinflasche in die Hand und schaute sich die

Etikette an: »Kaum zu fassen, die bauen seit dreitausend Jahren Wein an und kriegen keinen anständigen Tropfen in die Flasche.«

Der Kapitän tat Melissa leid. Sie genierte sich beinahe, die Krabbe zu knacken, denn bei jedem Geräusch zuckte Schellfisch zusammen, als habe sie ihm einen Knochen gebrochen.

Schließlich drehte sie die Krabbe auf den Rücken und öffnete den Panzer: »Hast du denn keinen Freund, der ab und zu mit dir Wein trinkt?«

»Die haben hier die gleichen Anbaubedingungen wie in Sizilien, aber dort machen sie aus Syrah-Trauben einen Maharis IGT Sicilia und hier Kapuzinerpisse.« Er goss sich erneut ein Glas ein und brummte: »Ich habe einen Freund. Er heißt Tintin-Lutin, aber er trinkt nicht oder nur selten. Er wohnt in meinem Schloss in Cheverny und schaut dort nach dem Rechten.«

»Du wohnst in einem Schloss?«, fragte Melissa ungläubig und beugte sich neugierig nach vorn, »das ist wohl der Alkohol, mon capitaine.«

Schellfisch hob den Kopf und starrte Melissa mit gläsernen Augen an: »Du hältst mich für einen Lügner?«

»Du hast also ein richtiges Schloss?«, spöttelte sie, »oder eher ein Luftschloss?«

»Ich lade dich ein, dann wirst du es sehen!« Melissa war irritiert. Besaß der alte Seebär tatsächlich ein Schloss?

»Mich muss man nicht zweimal einladen«, sagte Melissa und beobachtete aufmerksam Schellfischs Reaktion, »schreib deinem Freund, er soll ein Gästezimmer herrichten. Ihr habt doch ein Gästezimmer, oder?«

»Ich habe dort mehr Zimmer als Freunde. Wir haben sogar einen eigenen Butler, James. Er gehört fast schon zum Mobiliar. Früher lauschte er an den Türen, heute sitzt er die ganze Zeit in der Küche und schaut auf CNN Dokumentationen an. Weiterbildung nennt er das, aber allmählich promoviert er zum Klugscheißer.«

Spätabends verließen sie die Hafenanlage, Schellfisch hatte Mühe mit dem Gleichgewicht. Melissa stützte ihn. Vor einem Straßencafé blieb Schellfisch stehen. Er wollte plötzlich telefonieren. Melissa musste draußen auf der Gasse warten. Der Kapitän wollte nicht, dass alle in der Kneipe sehen, wie sie ihn stützt. Als er nach zehn Minuten wieder ins Freie trat, hatte sich seine Stimmung merklich verschlechtert.

»Bad news?«, fragte Melissa.

»Auch bei Tintin-Lutin hat sich Monsieur Hergé nicht mehr gemeldet«, sagte Schellfisch besorgt und wischte sich eine Träne aus dem Auge, »Tintin-Lutin macht sich Sorgen, auch Sorgen um mich. Er sagt, ich sei sein bester Freund, und er hat Angst, dass ich mich auf dieser Insel zu Tode saufe. Er hat gut reden. Er hat wenigstens einen Hund. Und ich?«

»Du hast mich, mon capitaine!« Sie gab ihm einen nassen Kuss auf die Wange und hakte sich bei ihm unter. Am Ende der Republic Street setzten sie sich auf den breiten Rand des Tritobrunnens und schauten zu, wie Maltas Jugend das bisschen Nightlife genoss, ausgelassen und fröhlich, laut und zunehmend betrunken.

»Und sonst? Hat er nichts gesagt?«

Schellfisch hörte sie nicht, er schien in düsteren Gedanken versunken. Nach einer Weile schaute er in die Ferne, übers Meer, und sagte, die Pinkertons hätten sich gemeldet, er müsse sofort zurückkehren, er ahne Schreckliches.«

11

Universitätsklinikum Saint-Luc

Alexis und Léon verließen die belgische Hauptstadt und fuhren in die Vorortsgemeinde Woluwe-Saint-Lambert. Dort, in der Avenue Hippocrate 10, stand der schmucklose, aber imposante Gebäudekomplex der Universitätskliniken. Die beiden parkten in der Tiefgarage und fuhren mit dem Fahrstuhl in den vierten Stock. Der Durchgang zur Isolierstation »U4023« war mit einer dicken Glaswand abgesperrt. Dahinter sah man vermummte Menschen in weißen Schürzen und blauen Schuhüberzügen herumwuseln. Das Haar hatten sie mit einer Duschhaube bedeckt, Mund und Nase mit einem hauchdünnen Viskose-Zellulose-Vlies. Wenn die rote Doppeltüre am Ende des Flurs geöffnet wurde und eine Krankenschwester in den Flur trat, sah man in die Isolierstation hinein: Das war ein blau gestrichener Saal mit einem Dutzend Zelten auf dem Boden. Hier verbrachten Patienten, deren weiße Blutkörperchen sich unkontrolliert vermehrten, Monate in einem dieser blauen Isolierzelte. Hatte man die Leukozyten ausgetauscht, verfügten sie am Anfang über keinerlei Immunabwehr mehr. In den Medien konnte man ab und zu lesen, dass Leukämie im nächsten Jahrhundert einmal heilbar sein würde, aber Hergé war vierzig Jahre zu früh erkrankt. Seine Freunde hatten Verständnis dafür, dass seine Kraft nur noch für ein oder zwei Stunden Gespräch reichte. Nur sie wussten, dass er immer wieder Saint-Luc aufsuchen musste, aber insgeheim hofften sie, dass er die Klinik wieder verlassen und mit ihnen ein Glas Wein trinken würde.

Die Pinkertons drückten den roten Button auf der Türleiste. »Bitte warten. Hände desinfizieren«, wurde auf dem Display angezeigt. Alexis hielt die beiden offenen Handflächen unter den Desinfektionsspender an der Wand und forderte Léon mit einer Geste auf, den Hebel zu drücken. Als Léon seinem Wunsch nachkam, spritzte das Sterilium auf Alexis' Schuhe: »Du musst nicht meine Schuhe desinfizieren, sondern meine Hände.«

»Dann solltest du deine Hände darunter halten. Du bist in letzter Zeit so ungeduldig.«

Alexis hielt erneut die beiden offenen Handflächen unter den Spender: »Nein, Léon, du wirst alt. Das ist das Problem. Früher funktionierten wir im Takt …«

Während Alexis seine nassen Hände rieb, hielt Léon nun seinerseits die offenen Handflächen unter den Spender und zog mit dem kleinen Finger den Hebel hinunter. Dabei grinste er Alexis ins Gesicht: »So macht man das, Alexis, du wirst noch vor mir auf betreutes Wohnen angewiesen sein.«

Jemand näherte sich und blieb vor dem Milchglas stehen. Es war eine Krankenschwester. Sie nahm Duschhaube, Mundschutz und den Überzieher ab und entsorgte alles in einer hinter dem Eingang stehenden Tonne. Schließlich tippte sie einen Code in das Tastenfeld neben der Tür. Surrend verschwand die Tür in der Wand. Die Krankenschwester trat zu den Pinkertons auf den Flur hinaus und schloss die Schiebetür hinter sich. Als sie die Wünsche der Pinkertons hörte, fragte sie misstrauisch, ob sie zur Verwandtschaft von Monsieur Hergé gehörten. Als sie bejahten, fragte sie, ob man sie damals nicht informiert habe. Sie stutzte, als die beiden verneinten, und bat sie zu warten, sie wolle den Oberarzt rufen. Sie betrat ein kleines Zimmer im gegenüberliegenden Flur. Nach einer Weile fragte Léon Alexis, ob er auch manchmal Schmerzen in der linken Hüfte habe.

»Bis jetzt noch nicht«, antwortete Alexis gereizt und starrte ungeduldig auf das Ende des Flurs, »aber wenn du mich so fragst, denke ich schon, dass ich etwas spüre, aber es ist die rechte Hüfte.«

»Das ist …«, begann Léon

»Das ist ja erst der Anfang«, fiel ihm Alexis ins Wort, »weißt du, die Evolution hat das so eingerichtet, dass du zuerst an kleinen Gebrechen leidest, so eine Art Appetizer und wenn du das verdaut hast und nicht mehr jammerst, kommt das Hauptmenu. Das Alter ist nichts für Schwächlinge, Léon.«

Léon sagte, er mache sich aber trotzdem Sorgen um seine Hüfte.

»Willst du nicht gleich hierbleiben?«, fuhr ihn Alexis an, »dann können sie dir gleich noch die Prostata vereisen.«

Léon reagierte gekränkt, er sagte, er mache sich tatsächlich Sorgen und Alexis solle das ernst nehmen.

»Ich werde einen Arzt aufsuchen«, sagte Léon trotzig, »der könnte möglicherweise einen Beckenschiefstand feststellen. Vielleicht würden Schuheinlagen helfen.«

»Er wird dir empfehlen, mehr zu laufen, Bewegung, Treppe statt Fahrstuhl, Léon, du stehst ja nur herum …«

»Und du?«

»Habe ich etwa einen Beckenschiefstand?«

»Entschuldigen Sie die Verspätung, meine Herren«, sagte ein Hüne von Mann um die fünfzig, der mit energischem Schritt auf sie zugekommen war, »wir gehen ins Zimmer da drüben«. Er führte die Pinkertons in einen kleinen, unauffälligen Raum und bat sie, Platz zu nehmen.

»Sie sind wegen Monsieur Hergé hier?«

»Ja«, sagte Alexis, »Alexis und Léon Pinkerton, wir sind langjährige Freunde der Familie und Monsieur Tintin-Lutin …«

»Monsieur Hergé hat sicher von uns erzählt«, unterbrach Léon seinen Bruder und verzog das Gesicht, weil ihn Alexis unter dem Tisch ans Schienbein trat.

Der Arzt hob die Augenbrauen und musterte Léon, als wollte er ihn fragen, ob mit ihm alles in Ordnung sei: »Monsieur Hergé hat oft einen Tintin-Lutin erwähnt und einen Kapitän Schellfisch …«

»Das sind auch unsere Freunde«, sagte Alexis stolz, »sie haben uns hergeschickt.«

Der Arzt war für einen Augenblick irritiert, dann sagte er, das sei merkwürdig, ob er ihre Ausweise sehen könne. Die Pinkertons zeigten ihre Ausweise. Der Arzt prüfte sie, schaute zu den beiden hoch und lächelte freundlich: »Da waren Sie noch jünger.«

Alexis und Léon nickten missmutig.

Der Arzt schob die Ausweise über den Tisch und sagte,

dass Monsieur Hergé leider am 3. März 1983 gegen 22.00 Uhr auf der Station verstorben sei.

»Vor drei Jahren?«, stießen beide im Chor hervor. Sie waren entsetzt. Mit halboffenem Mund starrten sie den Arzt an. Léon kullerten dicke Tränen über die Wangen: »Musste er leiden?«, fragte er mit gebrochener Stimme.

»Ich glaube nicht«, antwortete der Arzt und wandte sich an Alexis, während sich Léon die Nase schnäuzte, »er wurde am 25. Februar bei uns eingeliefert, wenig später fiel er ins Koma. Es folgten schwerwiegende Komplikationen mit der Lunge. Das ist leider bei diesem Krankheitsverlauf sehr häufig. Wir haben alles Menschenmögliche getan.«

Die Pinkertons schauten sich an und nahmen gleichzeitig den Hut ab. Sie senkten den Kopf und schwiegen. Sie waren kreideblass.

»Er wurde fünfundsiebzig Jahre alt«, flüsterte Léon mit tränenerstickter Stimme.

Die beiden Pinkertons hoben den Kopf und sagten beinahe synchron: »Fünfundsiebzig, das ist kein Alter zum Sterben!«

Der Arzt erwiderte nichts, aber seine Mimik ließ ahnen, dass er den Brüdern zustimmte: »Er wurde auf dem »Cimetière du Dieweg« zu Grabe getragen.«

»Aber der ist doch seit dreißig Jahren geschlossen«, schluchzte Léon.

»Ja«, sagte der Oberarzt, »aber Monsieur Hergé wollte unbedingt im Stadtteil Uccle begraben werden. Und Monsieur Hergé war nicht irgendwer. Er ist einer der großen Söhne Belgiens.«

12

Schloss Cheverny

Nach seiner Rückkehr aus Zürich verbrachte Tintin-Lutin seine Zeit vor seinem neuen Macintosh in der Bibliothek. Er scrollte mit der Maus über eine politische Weltkarte. Er hatte sich überlegt, ob es nebst den Philippinen noch andere Länder gäbe, die für Abenteuerreisen geeignet waren. Er googelte El Salvador, doch als er las, dass die Statistik auf 100 000 Einwohner 120 Morde verzeichnet, verging ihm die Lust. In europäischen Ländern hatte man pro Jahr weniger als einen Mord auf 100 000 Einwohner. Nun zögerte er. Nein, er hatte Angst. Das wiederum verunsicherte ihn noch mehr. Früher hätte er sich noch mit Begeisterung ins nächste Abenteuer gestürzt. Doch früher war es Hergé, der ihn in die Welt hinausschickte, und es war Hergé, der darüber wachte, dass er heil zurückkam, bereit für das nächste Abenteuer. Doch jugendliche Unbekümmertheit und Liebe zum Risiko waren ihm abhanden gekommen. Heute würde er ganz bestimmt nicht mehr einer Einladung von General Somoza nach Nicaragua folgen. Mittlerweile zog er einen Spaziergang im Schlosspark dem südamerikanischen Dschungel mit all den Moskitos und Revolutionären vor. Er nahm den Brief, den ihm Professor Riklin in Zürich übergeben hatte aus der Tischschublade und hielt ihn mit beiden Händen fest. Er hätte ihn gerne geöffnet, aber er dachte, es sei besser, wenn er den Rat des Psychiaters befolgte und ihn erst in Anwesenheit aller Bewohner von Schloss Cheverny öffnete. Vielleicht würde der Brief eine Situation schaffen, der er alleine nicht gewachsen war. Unschlüssig starrte er auf den vergilbten Umschlag.

Filou bellte, er schien plötzlich aufgeregt, sprang mit einem Satz vom Kaminsims und wollte in die Eingangshalle rennen, doch bei der Landung auf den Holzboden nickten die Vorderbeine ein und er schlug mit dem Kiefer auf dem Parkett auf. Er jaulte jämmerlich und tippelte dann frustriert aus der Bibliothek.

»James!«, rief Tintin-Lutin, »kriegen wir Besuch?«

Jetzt hörte auch Tintin-Lutin das Knirschen von Reifen draußen auf dem Kiesbelag. Ein Wagen hatte angehalten. Türen wurden geöffnet und wieder zugeschlagen.

»James?«

Tintin-Lutin folgte Filou. Die Eingangstür wurde aufgestoßen und Melissa betrat die Halle. Dicht hinter ihr folgte Schellfisch mit einem schwarzen Seemannssack. Filou begrüßte ihn stürmisch und sprang an seinem Bein hoch, während sich Tintin-Lutin in Schellfischs Arme warf und ihn innig herzte. Plötzlich hörten sie ein lautes Geräusch, als würde irgendwo eine Bowlingkugel runterholpern. James purzelte gerade die breite Treppe, die zur Eingangshalle führte, hinunter. Er überschlug sich zweimal und blieb benommen auf den schwarzweißen Marmorfliesen liegen. Melissa eilte herbei, kniete vor ihm nieder und fragte, ob er sich nichts gebrochen habe. James hob den Kopf und stöhnte: »Willkommen auf Schloss Cheverny.«

»Haben Sie sich wirklich nichts gebrochen, James?«, fragte Schellfisch besorgt. Melissa und Tintin-Lutin halfen ihm auf die Beine.

»Wenn Sie sich nichts gebrochen haben, James, bringen Sie uns einen *Château Pape Clément.*«

»Wir haben Sie nicht erwartet, Kapitän«, sagte James und griff sich an die Hüfte. Erst jetzt realisierte er die Anwesenheit von Melissa und warf Schellfisch einen missbilligenden Blick zu. Der Kapitän sagte, das sei Melissa, »unser Gast«, er solle ihr anschließend ein Zimmer herrichten, »und dann gehen Sie nach draußen und holen die Truhen rein. Ich habe uns einiges mitgebracht.«

James und Tintin-Lutin wechselten irritierte Blicke. Sie waren nicht begeistert über die Ankunft dieser jungen Frau. Obwohl Melissa die Ablehnung spürte, ließ sie sich nicht beirren, sondern hakte demonstrativ beim Kapitän unter: »Das ist ja ein richtiges Schloss!« Sie war gekommen, um zu bleiben.

James wischte sich den Staub von der Hose und nahm Haltung an: »Jawohl, Fräulein, Schloss Cheverny wurde im 16. Jahrhundert gebaut. Es ist das schönste Loire-Schloss überhaupt, und wir legen in diesen Gemäuern Wert auf die jahrhundertalten Traditionen, die hier gepflegt werden.«

Melissa hob belustigt die Augenbrauen: »Ich bin Melissa.«

»Stets zu Diensten, Fräulein Melissa«, sagte James höflich und verbeugte sich knapp, »Sie finden mich meistens in der Küche …«

»Wollten Sie nicht einen *Pape Clément* holen?«, fragte der Kapitän. James humpelte hinter die Treppe. Dort war die Tür, die zum großen Kellergewölbe hinunterführte. Er warf einen Blick zurück und sagte, an Melissa gewandt, er würde ihr gleich das Zimmer zeigen.

»Vorsicht Treppe!«, rief ihm Tintin-Lutin nach. Doch zu spät. James stolperte und fiel mit einem Aufschrei die Treppe runter. Alle horchten.

»Auf Schloss Cheverny ist man den Anblick einer aufreizenden jungen Dame nicht gewohnt«, flüsterte der Kapitän und schmunzelte, sie habe den armen James schier um den Verstand gebracht. James rief aus dem Keller, es sei alles in Ordnung, der Lichtschalter habe nicht funktioniert.

»Wieso rufen wir nicht endlich einen Plattenleger, einen Schreiner und einen Elektriker?«, fragte Tintin-Lutin aufgebracht. »Das Anwesen zerfällt!«

Schellfisch sagte, das müsste er den Professor fragen und knöpfte den obersten Knopf von Melissas Bluse zu: »Vielleicht gehst du mal runter zu James, aber erschreck ihn nicht.« Melissa nahm die Kellertreppe und kündigte James lautstark ihr Kommen an.

Tintin-Lutin gestand Schellfisch, dass er ihn vermisst habe, aber jetzt müssten sie reden, er habe eine Nachricht von den Pinkertons erhalten, er sei sehr besorgt.

Schellfisch saß in einem der braunen Kaminsessel in der Bibliothek und nahm einen Schluck Rotwein, während Tintin-Lutin ruhelos herumtigerte: »Die Pinkertons sagten, sie seien unterwegs zum Schloss, wir sollten alle beisammen sein, denn was sie uns mitzuteilen haben, würde alle betreffen.«

»Ist es so schlimm?«, fragte Schellfisch und starrte in sein leeres Glas.

»Ich weiß es nicht. Aber ich ahne nichts Gutes«, antwortete Tintin-Lutin.

Schellfisch schaute zur Eingangshalle und rief: »James! Kommen Sie schon, ich weiß, dass Sie an der Türe lauschen.«

James betrat die Bibliothek und schmollte: »Ich war rein zufällig in der Nähe.« Er trug ein Tablett mit einer Weinkaraffe, die zur Hälfte gefüllt war: »Ich habe vorsorglich bereits eine zweite Flasche dekantiert, denn ich dachte, für den heutigen Anlass sei eine Flasche vielleicht nicht ausreichend.«

Während James die Gläser nachfüllte, fragte ihn Schellfisch, ob Mademoiselle zufrieden sei mit ihrem Zimmer.

»Sehr zufrieden. Eine Verwandte von Ihnen?«

»Nein, eher ein Souvenir.«

James und Tintin-Lutin tauschten besorgte Blicke aus.

»Ich dachte, die Souvenirshops auf Malta verkaufen eher Magnetschilder, Modellschiffe oder kleine Kreuzritter aus Marmorpulver.«

»Nein«, grinste Schellfisch, »es gibt auch Größeres.«

James schürzte die Lippen: »Plant Mademoiselle einen längeren Aufenthalt?«

Schellfisch zuckte die Schulter: »Ich weiß es offen gestanden nicht, James. Sobald sich Melissa ein bisschen frisch gemacht hat, zeigen Sie ihr das Anwesen.«

James verzog gequält das Gesicht: »Sie nimmt gerade ein Bad.«

In diesem Augenblick hörte man plötzlich eine Frauenstimme aus dem oberen Stock. Melissa. Sie sang aus voller Kehle »Nessun dorma«.

»Sie ist nicht etwa Opernsängerin?«, entsetzte sich Tintin-Lutin.

James kniff die Augen zusammen und legte die Stirn in Falten. Er sagte, diese Stimme erinnere ihn an eine Opernsängerin, mit der er in Mailand eine kurze Affäre hatte. Er habe heute noch Albträume davon.

»Vielleicht ist Fräulein Melissa ihre Tochter?«

»Jaja«, murmelte Schellfisch, »und vielleicht waren die Amerikaner nie auf dem Mond, und Ronald Reagan ist von Außerirdischen niedergeschossen worden. Schenken Sie mir gescheiter ein, dann ertrage ich Ihre geistreichen Bemerkungen besser.«

James schenkte Schellfisch Wein nach und hielt plötzlich inne. Es war ihm aufgefallen, dass ihn Schellfisch anstarrte. »Monsieur?«

»James, täusche ich mich, oder sind Sie in meiner Abwesenheit ganz schön gealtert?«

James nahm Haltung an. Jetzt stand er da wie eine Salzsäule und wagte kaum noch zu atmen. Schellfisch schaute zu Tintin-Lutin. Auch er musterte James neugierig: »Es ist merkwürdig, dass Ihnen das aufgefallen ist. Ich hatte eben auch diesen Eindruck.«

James fragte gekränkt, ob sie ihm die Demission nahelegen wollten, und fügte hinzu, er fühle sich wie ein junger Spund und wenn die Treppe mal repariert sei, bestehe auch keine Gefahr mehr, dass er verunfalle und Schloss Cheverny seine Seele verliere.«

»So war das nicht gemeint», beruhigte ihn Tintin-Lutin, »auch der Kapitän, der vor Monaten Schloss Cheverny verlassen hat, war wesentlich jünger als der Kapitän, der heute zurückgekehrt ist.«

James gab zu bedenken, dass dies normal sei, wenn man sich eine Zeitlang nicht mehr gesehen habe, aber seine Worte konnten niemanden mehr beruhigen. Sie waren alle von Panik ergriffen, weil sie instinktiv spürten, dass etwas im Gange war, das sie nicht verstanden und noch weniger beeinflussen konnten.

»Seit wann fällt euch auf, dass wir altern?«, fragte Tintin-Lutin in die Runde.

»Erstmals am 3. März 1983. Und vor ein paar Tagen wieder, in der Kajüte, als ich in den Spiegel schaute. Aber ich schaue nicht jeden Tag in einen Spiegel, ich bin kein Narziss wie Monsieur Hergé.«

»Auch mir fiel es erstmals im März 83 auf«, sagte James bestimmt, »ich erinnere mich sehr gut, weil am 13. März 1983 Louison Bobet starb. Er hatte als erster Rennfahrer dreimal in Folge die Tour de France gewonnen und starb bereits mit achtundfünfzig. Das hat mich erschreckt, weil ich ja wesentlich älter war als Louison Bobet.«

»Wieso haben Sie uns das nicht gesagt?«, fragte Schellfisch vorwurfsvoll.

»Monsieur le capitaine, Sie hätten mich ausgelacht, wenn ich Ihnen gesagt hätte, dass ich älter werde. Ja, als Louison Bobet starb, realisierte ich zum ersten Mal, dass alles ein Verfallsdatum hat, wie auch eine Tarte aux pommes. Wissen Sie, was mir am meisten imponierte? Dass Louison Bobet 1956 trotz Hämorrhoiden und geplatzten Furunkeln das Eintagesrennen Bordeaux–Paris über 552 Kilometer gewann …«

»James«, unterbrach ihn Tintin-Lutin, »wir unterstützen durchaus, dass Sie sich in Ihrer Freizeit in der Küche CNN-Dokus ansehen, aber die Frage war …«

»Lassen Sie ihn ausreden«, unterbrach ihn der Kapitän, »Louison Bobet war in der Tat ein großartiger Sportler, er gewann sogar als Tischtennisspieler die Meisterschaft in der Bretagne. Aber leider erlitt er 1961 einen schweren Autounfall und starb schließlich einen Tag nach seinem achtundfünfzigsten Geburtstag an Krebs. Auch ich kann mich noch sehr gut daran erinnern. Wenn ein Idol stirbt, stirbt auch ein kleiner Teil von dir.«

»Und manchmal auch ein Teil von dem, was er erschaffen hat«, ergänzte James leise.

»Wollen Sie etwa damit andeuten …«, Tintin-Lutin sprach den Satz nicht zu Ende. Plötzlich legte sich eine gespenstische Stille über die Anwesenden.

In diesem Augenblick erschallte aus dem oberen Stockwerk ein fröhlicher Walzer. Melissa sang aus voller Kehle *Je veux vivre.* Ein Hüne in einem weissen Laborkittel stürmte in die Bibliothek. Der Professor war aufgebracht: »Meine Herrschaften, ist es möglich, die Bauarbeiten im ersten Stock pausieren zu lassen?«

James schmunzelte, während Schellfisch und Tintin-Lutin fragend die Augenbrauen hoben.

»Lärm steigert den Stresspegel« dozierte der Professor, »und das wiederum fördert entzündliche Prozesse und somit das Altern der Zellen und im schlechtesten Fall karzinogene Mutationen.«

13

Blechschaden

»Ich habe einen unglaublichen Verdacht«, sagte Léon, als sie mit ihrem klapprigen 2CV die Autoeinstellhalle des Spitals verließen, »denkst du auch, was ich denke?«

»Wie soll ich wissen, was du denkst?«, fragte Alexis gereizt.

»Früher wusstest du es immer, aber in letzter Zeit …«

»Was ist in letzter Zeit?«

»Früher haben wir den Kaffee immer mit Milch und zwei Würfelzucker getrunken. Jetzt trinkst du ihn schwarz und denkst immer das Gegenteil von dem, was ich denke.«

»Wie soll ich das Gegenteil von dir denken, wenn ich nicht weiß, was du denkst?«

Léon seufzte: »Was ist bloß los mit uns los, Alexis?«

Alexis sagte, er würde sich eben weiterentwickeln und er, Léon, würde auf der Stelle verharren wie eine Straßenlaterne.

»Nein, Alexis, du bist ein verschrobener Kauz geworden, du alterst im Eiltempo.«

»Schau dich mal im Spiegel an. Meinst du etwa, du bist nicht älter geworden?«

»Ja, auch ich altere seit drei Jahren, aber ich altere friedlich, ich werde milde, umgänglicher«, erwiderte Léon.

»Und ich?« rief Alexis zornig, »willst du etwa behaupten, ich altere böse?« Er hob die Hand, als wolle er zu einem Schlag ausholen. Léon duckte sich instinktiv.

»Ich altere geräuschlos«, sagte Léon kleinlaut, »aber du wirst immer aggressiver, grantiger, bissiger.« Er warf Alexis einen kurzen Blick zu: »Kurzum, du wirst unausstehlich.«

»Ich werde aggressiv? Sag das noch einmal und ich haue dir eine runter!« Alexis rammte Léon wütend den Ellbogen in die Seite, der Wagen geriet auf die Gegenfahrbahn, Léon riss das Steuer herum, doch es war zu spät, er touchierte ein geparktes Auto, kam quer auf der Fahrbahn zum Stillstand und wurde von einem entgegenkommenden Fahrzeug gerammt.

14

Hergés Brief

Der Professor saß unter einem wuchtigen Kronleuchter im Speisesaal von Schloss Cheverny, Tintin-Lutin zu seiner Rechten, Schellfisch zu seiner Linken.

»Meine Herren, ich arbeite an einer Erfindung, die unser Jahrhundert signifikant verändern wird, und ihr wollt über die Renovation einer Treppe reden?« Er stöpselte sein Hörgerät in die Ohren und stellte auf einer kleinen Fernbedienung die Lautstärke ein.

»Nein, Professor«, sagte Tintin-Lutin und nahm das vergilbte Couvert aus seiner Innentasche, »Monsieur Hergé hat uns allen eine Nachricht hinterlassen.«

»Eine Nachricht?«, fragte James besorgt.

Tintin-Lutin zog das Schreiben aus dem Umschlag: »Können Sie mich hören, Professor?«

»Lauter als mir lieb ist, mein Junge, also hör auf zu schreien.«

Tintin-Lutin erhob sich und sagte, der Brief[32] sei von Monsieur Hergé. Er hat ihn bereits 1964 geschrieben. Schellfisch murrte, er solle endlich anfangen und James solle einen *Château Cheval Blanc* bringen, »weiß der Teufel, wie lange uns noch bleibt, um einen derartigen Tropfen zu trinken.« Er schaute zur geschlossenen Flügeltür: »James! Ich weiß, dass Sie da sind. Also, gehen Sie in den Keller.«

»Und Vorsicht, Treppe!« rief Tintin-Lutin und holte tief Luft. Dann räusperte er sich mehrmals und begann den Brief vorzulesen:

»Mon cher Tintin-Lutin,

seit fünfunddreißig Jahren bist du mein Sohn und es ist das erste Mal, dass ich dir schreibe. Ich möchte, dass du fortan dein eigenes Leben lebst. Vierundzwanzig *Mal bist du aufgebrochen, um die Welt zu erkunden, während ich zu Hause saß und deine Abenteuer träumte. So waren wir seit eh und je getrennt und andererseits vereint durch den stärksten Strang, der zwei Wesen verbinden kann. Ich hatte stets die Angewohnheit, mich mit dir auszutauschen, aber nicht über Briefe. Dir heute zu schreiben, schüchtert mich deshalb ein. Bin ich stolz auf dich? Ja, natürlich, du hast mir große Freude geschenkt, hast mir auch viel Ärger bereitet, aber nie Kummer oder Unzufriedenheit. Es gab sogar eine Zeit in meinem jungen Leben, da hätte ich dir ähneln können. Ich hätte ein Held sein können, furchtlos und ohne Reue. Aber es war eine Illusion, seit Langem verflogen. Ich setze nicht mehr das Credo der Evangeliker um. Falls jemand perfekt ist, dann bist du es. Ich wäre gerne ein bisschen wie du geworden, ein Held, aber ich war wie alle andern auch, doch du, du bist über dich hinausgewachsen, aus dem Menschsein, du wurdest ein Held, wie es nur wenige gibt in der Geschichte. Charles de Gaulle*[33] *bezeichnete dich als seinen einzigen internationalen Rivalen. Wem wurde jemals eine solche Ehre zuteil?«*

Tintin-Lutin hatte die letzten Worte nur noch mit gebrochener Stimme herausgepresst. Tränen kullerten über seine Wangen. Er musste sich setzten und schob den Brief über den Tisch. Schellfisch ergriff ihn und las weiter: *»Ich gab dir Kapitän Schellfisch zur Seite, denn es ist nicht gut, wenn Menschen ihr Leben alleine verbringen, sie brauchen ein Korrektiv, dem sie vertrauen können. Ich wuchs in einer düsteren Zeit auf und wurde* *ein Teil dieser düsteren Zeit. Ich habe mit mir Frieden geschlossen, akzeptiert, dass ich nicht vollkommen bin.«*

Nun weinte auch Schellfisch und reichte den Brief an den Professor weiter. Dieser las: *»Wenn du diesen Brief liest, werde ich nicht mehr von dieser Welt sein, und alles, was ich erschaffen habe, wird Patina ansetzen, altern und sterben. Aber die Kürze des Lebens hat auch ihren Reiz. Ich glaube, das ist von Seneca.«*

Der Professor schnappte nach Luft und griff sich ans Herz. James stand plötzlich neben ihm und wollte ihm Wein nachschenken. Doch mit letzter Kraft hob der Professor den Brief in die Höhe wie ein Ertrinkender auf hoher See und forderte James auf, weiterzulesen. James räusperte sich. Er versuchte mit fester Stimme zu sprechen: *»Wer weiß, vielleicht gelingt mir ein letztes Mal etwas ganz Unwahrscheinliches, das ist das große Abenteuer, das ich alleine bestreiten muss. Ohne dich, ohne euch, meine Lieben. Salut les copains.«*

Nun musste auch James weinen. Melissa hatte die ganze Zeit über in der offenen Tür zur Eingangshalle gestanden. Nun nahm sie eine Packung Papiertaschentücher von der Kommode, machte die Runde um den Tisch und gab jedem Anwesenden ein Kleenex. Als sich alle die Nase geschnäuzt und einen Schluck Wein genommen hatten, blieb James hinter dem Professor stehen und trank aus der Flasche. In diesem Augenblick betraten die Pinkertons den Speisesaal. Sie trugen beide eine Halskrause.

»Wir haben Monsieur Hergé aufgespürt«, sagte Alexis mit gebrochener Stimme. Léon warf ihm einen irritierten Blick zu: »Nicht wirklich aufgespürt, oder?«

»Wolltest du nicht eben die Toilette aufsuchen?«, flüsterte Alexis zähneknirschend und wandte sich wieder den andern zu: »Es tut uns leid, Ihnen mitteilen zu müssen, dass Monsieur Hergé bereits vor drei Jahren verstorben ist: am 3. März 1983, gegen 22.00 Uhr.«

Tintin-Lutin starrte die Pinkertons mit offenem Mund an, das Blut wich aus seinem Gesicht, Schellfisch war konsterniert. Er beugte sich über den Tisch, fasste Tintin-Lutins Arm und hielt ihn fest. James stand kerzengerade abseits und weinte stumm. Tränen kullerten über seine Wangen. Plötzlich heulte Tintin-Lutin los und weinte hemmungslos. Der Kapitän stand auf, lief um den Tisch herum und legte seinen Arm um Tintin-Lutins Schulter.

»Es gibt so vieles, was ich Monsieur Hergé gerne noch gefragt hätte«, klagte Schellfisch. Da sagte James plötzlich, es gebe durchaus noch eine Möglichkeit mit Monsieur Hergé zu sprechen. Er habe auf CNN eine Dokumentation gesehen.

Melissa lag auf einem Liegestuhl im Garten und blätterte in einem Cartier-Katalog. Filou hatte es sich auf ihrem Bauch gemütlich gemacht: »Ich glaube», flüsterte sie, »die Herrschaften da drinnen verlieren allmählich den Verstand.« Filou öffnete ein Auge und stieß einen langen Seufzer aus. Dann schloss er das Auge wieder.

»Ich habe mir das Schlossleben etwas aufregender vorgestellt, aber die starren den ganzen Tag in den Spiegel und wundern sich, dass sie sterblich sind. Du, zum Beispiel, wirst vielleicht zehn oder fünfzehn Jahre leben. Und dann knabberst du keine Knochen mehr. Beschwerst du dich etwa darüber? Nein, du genießt den Augenblick. Aber ich bin eine Frau, Filou. Ich brauche keinen Park mit Katzen, Vögeln, Mardern, Füchsen und Eidechsen, ich brauche Shoppingstreets mit Gucci, Prada, Louis Vuitton, Cartier und Hermès. Ich brauche Schuhboutiquen und einen kräftigen Mann, der mir alle Taschen ins Hotel trägt. Von Vorteil wäre noch, wenn der gute Mann eine Kreditkarte hätte. Ohne Limit.«

Plötzlich spitzte Filou die Ohren. Nachbars Katze war offenbar wieder zu Besuch. Jetzt schaute sie zwischen den Büschen hervor, aber Filou zog es vor, auf Melissas Bauch zu bleiben. Oder war sein Jagdfieber erloschen?

15

Hergé, können Sie uns hören?

Sie waren alle da, versammelt an einem langen Tisch aus dunkel gebeizten Holzplanen, versammelt in der unterirdischen Gewölbehalle von Schloss Cheverny, inmitten aller Requisiten und Antiquitäten, die Tintin-Lutin und Schellfisch von ihren Abenteuern aus fernen Ländern mit nach Hause gebracht hatten. James stand abseits im Halbdunkel und legte jedem einen Gegenstand auf den Tisch. Tintin-Lutin erhielt eine silbrige Dose Wasabi-Nüsse, Schellfisch einen kleinen hölzernen Lapu-Lapu, Léon eine Weihnachtskugel und Alexis ein kleines schwarzgelbes 2CV-Modell von Matchbox. Der Sitz zwischen den Pinkertons war leer: »Umklammert den Gegenstand«, raunte James beschwörend wie ein Hypnotiseur, »schließt die Augen und versucht euch auf das Bild des Verstorbenen zu konzentrieren.«

James dimmte das Licht. Jetzt saßen alle im Halbdunkel. Nur in der Tischmitte flackerte das Licht einer Kerze. James schlich um den Tisch herum: »Monsieur Hergé hört euch, er wird euch ein Zeichen geben. Wenn ihr eine fremde Präsenz fühlt, streckt eure Hände aus, berührt euch, bündelt eure Kraft und versucht, eine Frage zu stellen. Ihr werdet eine Antwort erhalten, nicht in Worten, es wird ein Gefühl sein, ein feiner Luftzug, ein ungewöhnliches Flackern der Kerze, Bilder, Emotionen, Magie.«

James blieb hinter den Pinkertons stehen und flüsterte: »Spürt ihr schon etwas?«

»Meine Prostata«, stöhnte Léon, »ich sollte dringend mal austreten.«

James setzte sich zwischen den Pinkertons an den Tisch und streckte seine Hände aus: »Lasst uns gemeinsam die Frage stellen, die uns alle beschäftigt.« James hielt inne und fuhr nach einer Weile fort: »Monsieur Hergé, können Sie uns hören? Machen Sie sich bemerkbar, wir müssen mit Ihnen reden.«

Die Anwesenden wagten kaum noch zu atmen. Sie spürten, dass nun gleich etwas geschehen würde.

»Monsieur Hergé, sind Sie da?«

Erneut breitete sich eine gespenstische Stille im Gewölbekeller aus.

»Monsieur Hergé, geben Sie uns ein Zeichen.«

Alle horchten, aber nichts geschah.

»Die Bewohner von Schloss Cheverny bitten Sie um ein Zeichen«, insistierte James, »machen Sie sich mit einem Klopfen bemerkbar.«

Plötzlich ertönte ein Klopfzeichen, Léon hätte schreien können vor Angst. Dann folgte ein weiteres Klopfzeichen, und die Eichentür zum Kellergewölbe wurde aufgestoßen. Der Professor betrat das Gewölbe und machte das Licht an: »Ihr macht euch noch die Augen kaputt.« Er trat an den Tisch und sagte, falls Sie hier zusammensäßen für eine Séance, dann seien Sie ernsthafte Anwärter für das *Goldene Brett vorm Kopf*, die höchste Auszeichnung für den erstaunlichsten pseudowissenschaftlichen Unfug des Jahres.

James wollte etwas erwidern, aber der Professor schnitt ihm das Wort ab: »Nicht alles, was Sie auf CNN sehen und hören, dient der Erweiterung Ihres Horizonts. Sie müssen lernen, werthaltige Inhalte von purem Unsinn zu unterscheiden.«

»Ich gebe Ihnen Recht«, sagte Schellfisch, »es ist schon ziemlich bescheuert, an einen solchen Bockmist zu glauben.«

»Meine Herren«, dozierte der Professor, »Wissenschaft basiert auf Fakten und Beweisen und nicht auf Vermutungen und hypothetischen Schlussfolgerungen. Wir müssen nicht glauben, wir müssen wissen.«

»Wir müssen ermitteln«, mischte sich Alexis ein, »ohne Leiche läuft nichts.«

»Ich würde sogar sagen«, meldete sich Léon, »solange wir keine Leiche haben, ist Monsieur Hergé nicht tot.«

Tintin-Lutin erhob sich und rief laut: »Monsieur Hergé lebt vielleicht noch! Und wer das Gegenteil behauptet, soll mir den Leichnam zeigen.«

Wenig später verließen alle das Schloss. Melissa blieb alleine zurück. Sie stand in der großen Küche hinter dem Fenster. Filou döste auf seinem Schafsfell neben dem vollen Futternapf. Er hatte ihn nicht angerührt.

»Filou«, sinnierte Melissa, »ich glaube, die haben jetzt alle einen an der Waffel.« Sie kniete nieder und fuhr dem Foxterrier sanft über den Kopf. Dann nahm sie einen saftigen Fleischwürfel aus dem Napf, doch Filou hatte keinen Hunger. Melissa sagte ihm, er müsse essen, er habe seit gestern nichts mehr gegessen, seine Schnauze sei schon ganz trocken. Sie nahm ein Küchentuch und hielt es unter den Wasserhahn. Dann befeuchtete sie Filous Schnauze. Sie fragte ihn, ob er bei diesem schönen Wetter nicht mit ihr nach draußen wolle, doch Filou reagierte nicht. Er ließ es einfach geschehen, als sie erneut mit dem feuchten Tuch seine Schnauze betupfte. Melissa nahm einen Salzstreuer aus dem Gewürzregal über den Kochplatten. Sie schüttelte ein paar Körner in ihre Hand und versuchte Filou zu animieren, ihre Finger zu lecken. Doch Filou reagierte nicht.

Er hatte die Augen offen, und jetzt fiel Melissa auf, dass er auch nicht mehr mit dem Schwanz wedelte. Melissa war ratlos. Sie erhob sich und schaute wieder zum Fenster hinaus: »Das ist langsam unheimlich auf diesem Schloss. So wird das nichts mit meiner Cartier-Armspange.«

16

Friedhof

Der Brüsseler Friedhof »du Dieweg« lag außerhalb des Zentrums im Stadtteil Uccle. Er war 1865 während der letzten Cholera-Pandemie, die weltweit über zwölf Millionen Menschen dahingerafft hatte, angelegt und mehrfach erweitert worden. Nachdem die Behörden den »Cimetière du Dieweg« 1958 stillgelegt hatten, holte sich die Natur mit geballter Kraft zurück, was man ihr einst entrissen hatte. Überall schossen Gräser in die Höhe, Büsche, Rosensträucher, Zypressen, Stechpalmen, Liguster, Ebereschen und Ahorne. Einige Bäume waren über acht Meter in die Höhe gewachsen. Buschwerk bedeckte die schmalen Fußwege zwischen den Grabstätten, überwucherte die Grabsteine, brachte sie zu Fall, einige wurden vom Erdreich verschluckt. Es war, als wollte die Natur alle Spuren verwischen, die der Homo sapiens je hinterlassen hatte.

In der Mitte des Friedhofs stand ein verwittertes Wächterhaus, wahrscheinlich hatte es ursprünglich den Eingang markiert. Die Bewohner von Schloss Cheverny blieben davor stehen, Tintin-Lutin zog am bronzenen Pinienkern des Glockenzugs. Nichts regte sich. Léon drängte sich vor und zog nun so energisch am Glockenzug, dass die Kordel riss. Ein ausgemergelter Freak mit einem Gesicht wie ein trockengelegter Sumpf stolperte ins Freie. Er trug das schlohweiße Haar lang, und ein Stirnband mit indianischen Mustern hielt es zusammen. Auf den Unterarmen hatte er Tattoos von nackten Meerjungfrauen, aber auf der runzligen Haut sahen sie eher aus wie Seeungeheuer: »Slow down, man. Ihr in der City habt alle eine Menge Stress, aber hier, Bro, kannst du das vergessen. Forget it! Hier beginnt die Ewigkeit, das ewige Nichts. Also, don't worry, nichts überstürzen, Bro, wir werden alle verrecken. Was kann ich für euch tun?«

»Wir suchen das Grab von Georges Remi, genannt Hergé«, sagte Schellfisch.

»Oh, fuck«, sagte der Friedhofswächter, »ist ziemlich silent hier, am Weekend kommen manchmal die Grufties aus der City, wollen chillen, Peace finden. Tja, und dann kommen manchmal einige homesick Nazis, fuck! Die meisten in den Studios Hergé fanden nach WWII keinen Job mehr. Hergé stellte sie ein, denn sie waren Brüder im Geiste. Fuck! Mir nach!«

Léon hielt immer noch den bronzenen Pinienkern mit der gerissenen Kordel in der Hand. Alexis warf ihm einen bösen Blick zu. Dann folgten sie den andern. Der Friedhofswächter, der sich Lee nannte, lief etwas hüftsteif und gekrümmt wie eine dürre Grabranke. Er führte die sechs Besucher über einen schmalen Pfad zwischen Gräberreihen und zerfallenen Denkmälern. Er sagte, heute gehöre der Ort wieder der Natur, den Vögeln, Insekten und Nagetieren.

Lee zeigte auf einen verlotterten Wegweiser mit der Aufschrift *Lambert*: »Die meisten wollen das Mausoleum der Lamberts sehen, Samuel, Léon, Henri, Philipps, die Moneymaker der Rothschilds, Goldschmidts. Aber why the fuck wollte Hergé hier begraben werden? Er hat doch Comics für die Nazis gekritzelt.«

Er führte sie tiefer in den unübersichtlichen Dschungel der Toten und echauffierte sich zunehmend: »Tell me, Bro', kennst Du Jacques Martin? Einer von Hergés Co-Autoren, weiß natürlich kein Schwein, der war mal hier, prima Kumpel, hat mir alles erzählt. Er arbeitete ab 53 neunzehn Jahre lang mit Hergé an den Stories und als er wieder mal hier war, habe ich ihn gefragt: *He, Bro', hat Hergé bereut?* Und er hat geantwortet, dass Hergé ein Leben lang Antisemit geblieben ist.[34] Triple fuck for this goddamn son of a bitch.«

Er blieb mit halboffenem Mund stehen und starrte. Vor ihnen lag eine helle Grabplatte. Darauf war eine etwas kleinere Grabplatte montiert, und darin eingelassen war eine Bronzetafel mit der Inschrift:

GEORGES REMI
DIT HERGE
1907 – 1983
SON EPOUSE
FANNY VLAMYNCK 1934 –

Hinter der Platte klaffte ein großes Loch zwischen den verwitterten Nachbarsgräbern. Tintin-Lutin und Schellfisch knieten nieder und schauten hinunter. Das ausgehobene Grab war leer. Tintin-Lutin erhob sich und fragte Lee, ob Monsieur Hergé in einem Sarg bestattet worden sei.

»Oh shit, der ist abgehauen«, fluchte Lee, »oder der Teufel hat ihn geholt.« Die Pinkertons traten näher ans Erdloch.

»Souvenirjäger?«, fragte Alexis mit zusammengekniffenen Augen.

»Meine Herren«, dozierte der Professor, »ein an der Luft liegender toter Körper verwest etwa doppelt so schnell wie ein im Wasser liegender und achtmal so schnell wie ein begrabener. Wir gehen nun davon aus, dass Monsieur Hergé in einem Sarg unter der Erde begraben war. Wir haben hier kein feuchtes Klima, also können wir davon ausgehen, dass sich das Körpergewebe erst in ein bis zwei Jahren bis auf das Skelett zersetzt haben wird.«

»Professor«, schrie ihn Schellfisch an, »ziehen Sie endlich ihr Hörgerät an! Die Leiche ist verschwunden.«

»Ich bin ja nicht schwerhörig«, nuschelte der Professor und begann zu pendeln. Tintin-Lutin versuchte dem Professor zu erklären, dass jemand Hergés Leichnam gestohlen hatte: »Wer kann das gewesen sein?«

»Cui bono?«, sagte Alexis und fuhr sich nachdenklich über das Gesicht.

»Wieso sprichst du plötzlich lateinisch?«, fragte Léon irritiert. Wütend riss ihm Alexis den bronzenen Pinienkern aus der Hand und warf ihn in hohem Bogen ins Gebüsch: »Wem zum Vorteil?! Wer profitiert davon?! Welchen Nutzen kann jemand haben?! Hast du eigentlich alles vergessen, was ich dir all die Jahre beigebracht habe?«

»Nicht alles, aber einiges schon, vielleicht ein bisschen alles.«

»Ohne mich wärst du immer noch Securitas-Wächter im Messezentrum.«

»Und du Kaufhausdetektiv in der Damenabteilung. Und würdest jungen Mädchen hinterherschnüffeln.«

Lee tippte sich an die Stirn: »He, Bro, du hast meine Türklingel weggeschmissen. Früher hätte ich dir dafür die Fresse poliert.« Er schlurfte in sein Wächterhäuschen zurück und murmelte immerfort: »Oh, fuck, er ist auferstanden, sie kommen zurück.«

Der Professor steckte das Pendel ein und sagte, Hergé sei nicht in der Nähe, die Frage sei nun: Cui bono?

Die Freunde waren ratlos. Tintin-Lutin schaute zum Kapitän: »Ein Fan vielleicht, ein angefressener Tintinologe?«

»Was zum Teufel macht ein Fan mit Hergés Leiche im Wohnzimmer?«, rief Schellfisch.

»Die Verwesung setzt im unteren Bauchbereich ein«, erklärte der Professor, »wenn die Bakterien das Hämoglobin im Blut zersetzen. Die Haut bekommt einen Grünstich. Nach einer Woche sieht die Leiche wie eine Marmorstatue aus, und ein intensiver Leichengeruch setzt sich in der ganzen Wohnung fest. Nein, Monsieur Hergé logiert in keiner Wohnung.«

»Falls mir eine Bemerkung erlaubt sei, Monsieur le professeur«, sagte James, während er ein paar Schritte zum Grab machte, »es wäre gar nicht so ungewöhnlich. Der frühere afrikanische Sklave Angelo Soliman, den maltesische Händler gegen ein Pferd eingetauscht hatten, erhielt von seinem Käufer eine umfassende Bildung und wurde dann Kammerdiener am Hof von Fürst Wenzel von Liechtenstein, wo er mit der Erziehung des Nachwuchses betraut wurde. Als Soliman starb, ließ ihn der Kaiser ausstopfen und im Kaiserlichen Naturalienkabinett als halbnackten Wilden mit Federn und Muschelkette ausstellen.«

»Gibt's auf CNN eigentlich nie eine Sendepause?«, fragte Schellfisch entnervt. Tintin-Lutin ignorierte das Geplänkel zwischen James und Schellfisch und fragte in die Runde, wer denn für eine derartige Leichenschändung in Frage käme?

»Ich werde ihn bei lebendigem Leib häuten und am Spieß grillieren«, schrie Schellfisch. Tintin-Lutin bat den Kapitän, sich zu beruhigen, sie bräuchten jetzt einen klaren Kopf. Alexis sagte, es habe schon mal einen ähnlichen Fall gegeben: »In der Nacht vom 1. auf den 2. März 1978 verschwand der Sarg von Charlie Chaplin, ein Vierteljahr nach dessen Tod am Genfer See. Die Polizei stand vor einem Rätsel. Wie wir. Sie tippten auf einen Souvenirjäger. Aber dann kam eine Lösegeldforderung von 600 000 Schweizer Franken.«

Tintin-Lutin war skeptisch: »Sie meinen, es geht um eine Lösegeldforderung?«

»Wir dürfen ein Rachemotiv nicht ausschließen«, gab James zu bedenken, »Monsieur Hergé hatte zahlreiche Co-Autoren, aber sie wurden nie genannt. Hergé wurde Multimillionär, sie hingegen blieben kleine Angestellte.«

»Mir scheint«, sagte Alexis, »Sie werfen mehr Fragen auf, als uns lieb ist. Ich tippe eher auf linke Aktivisten, die es nicht ertrugen, dass ein Nazi-Kollaborateur zum belgischen Nationalhelden wurde.«

»Mir scheint«, wandte der Professor ein, »jede Hypothese macht Sinn. Wir müssen nach dem Ausschlussverfahren vorgehen. Alles prüfen und eine Option nach der andern ausklammern.«

Alexis gab zu bedenken, dass man eine Leiche brauche, um einen Tod zu bestätigen.

»Und was ist, wenn Monsieur Hergé das Grab selbstständig verlassen hat?«, sinnierte Léon, »wer stirbt schon gerne?«

Schellfisch brüllte: »Was erzählen Sie da für eine pürierte Scheiße? Sind Sie Katholik?«

»Meine Herren«, schlug Tintin-Lutin vor, »wieso besuchen wir nicht die Witwe? Vielleicht wurde Monsieur Hergé in ihrem Garten begraben. Das wäre nicht außergewöhnlich. Wieso ziehen wir die absurdesten Möglichkeiten in Betracht, ohne das Nächstliegende zu prüfen?«

Alexis schubste Léon: »Fahr schon mal den Wagen vor.«

17

Fanny Vlaminck, Uccle

Léon nahm die Avenue rechts vom »Cimetière du Dieweg« und fuhr den Wolvendael-Park entlang, vorbei an der Botschaft der Iranischen Republik, vorbei am Centre Culturel, wo einst eine Tintin-Lutin-Statue den Vorplatz zierte, vorbei an der Polizeidienststelle der Zone Uccle. Auf der Rückbank saßen Tintin-Lutin und der Kapitän zusammengepfercht. Filou lag auf der Fußmatte und würgte etwas heraus, das er nicht hinunterschlucken konnte.

»Wenn ihr den Wagen noch lange fährt, hat er bald Sammlerwert«, spottete Schellfisch, »bereits die Pferdekutschen zur Zeit meiner Vorfahren waren gefedert.«

Léon widersprach, seine *dodoche* erfülle immer noch alle Forderungen, die Citroën-Direktor Pierre-Jules Boulanger 1934 seinem Konstrukteur André Lefèbvre vorgegeben hatte. James habe eine Doku gesehen und ihm berichtet: »Der Konstrukteur sollte einen minimalistischen Kleinwagen entwickeln, der Platz für zwei Bauern in Stiefeln und einen Zentner Kartoffeln oder ein Fässchen Wein bietet, mindestens 60 km/h schnell ist und dabei nur drei Liter Benzin auf 100 km verbraucht. Außerdem sollte die *dodoche* selbst schlechteste Wegstrecken bewältigen können und so einfach zu bedienen sein, dass selbst ein ungeübter Fahrer problemlos mit ihr zurechtkommt. Sie sollte zudem so gut gefedert sein, dass ein Korb voller Eier eine Fahrt über holprige Feldwege unbeschadet übersteht. Und schließlich sollte die *dodoche* wesentlich billiger sein als die *Traction Avant*. Und das Aussehen sei egal.«

»Das ist unübersehbar«, flüsterte Tintin-Lutin dem Kapitän zu.

»Rechts abbiegen, wir sind bereits in Uccle«, sagte Alexis. Léon nahm die Seitenstraße und fuhr einen Hügel hinauf. Vor dem letzten Anwesen, das direkt an die Landwirtschaftszone grenzte, parkte er den Wagen auf einem großzügigen Vorplatz. Hier, am Dieweg 37, wohnte Hergés Witwe.

Alle stiegen aus, bis auf Filou. Er machte einen reduzierten Eindruck und blieb im Auto, was sehr ungewöhnlich war. Tintin-Lutin klingelte an der Haustür, aber nichts passierte. Er versuchte es erneut.

»Was wollen Sie?«, rief jemand.

Hinter der Hecke stand ein wohlgenährter Rentner mit einer Schaufel.

»Wir suchen eine Leiche. Ist Ihnen irgendwo eine Leiche aufgefallen?«, fragte Léon.

Alexis stupste Léon in die Seite: »Wir möchten mit Frau Hergé sprechen.«

Der Mann, der sich als Gärtner Josef Larcat vorstellte, war offenbar während der Abwesenheit von Fanny Vlaminck, Hergés zweiter Ehefrau, für die Pflege des Anwesens zuständig. Er sagte, sie sei mit ihrer besten Freundin Viviane Vandeninden[35] nach Asien gereist, sie wollten die indische Seherin Gurumayi[36] besuchen, ein Tapetenwechsel würde ihr bestimmt gut tun. Tintin-Lutin ging auf den Mann zu und entdeckte das Loch in der Mitte des englischen Rasens: »Sie haben ein Loch ausgehoben?«

Nun waren auch die Pinkertons hellhörig geworden. Sie fanden in der Hecke einen schmalen Durchgang und betraten den Rasen. Der verblüffte Gärtner wollte sie aufhalten, aber sie zeigten beide gleichzeitig ihren Ausweis: »Pinkerton, wir sind dienstlich unterwegs.« Sie ließen den Gärtner stehen und schritten zum frisch gegrabenen Loch. Schellfisch und die andern folgten.

»Haben Sie den Leichnam von Monsieur Hergé eingeäschert und wollten hier die Urne vergraben?«, fragte Alexis streng.

»Nein, nein«, wehrte der Gärtner ab, er sei kein Krematorium, im Gegenteil, er bringe das Anwesen zum Blühen.

Léon zeigte auf das Loch: »Sie sind uns eine Erklärung schuldig!«

»Hier stand seit 1976 eine Bronze-Statue von Tintin-Lutin und Filou. Zwei Meter hoch. Ein großartiges Werk des Bildhauers Nat Neujean[37]. Er hat insgesamt vier Statuen kreiert. Die eine stand im Wolvendael-Park und war stets Opfer von Vandalen. Immer wieder bekleckerten Unbekannte die Statue mit einem Hitlerschnauz oder einer roten Nazi-Armbinde. Schließlich wurde das Denkmal beim Versuch, es zu entführen, zerschlagen. Die andere Statue stand vor dem Eingang des Kulturzentrums, aber auch hier kannten die Vandalen kein Erbarmen und besprühten die Figur mit rosa Farben. Zu guter Letzt wurde sie gereinigt und im Innern aufgestellt. Die dritte Figur wurde für 2,3 Millionen belgische Francs versteigert, und die vierte Figur war hier, bis heute morgen. Jemand hat sie entführt, und der Sockel war so tief eingegraben, dass er ein klaffendes Loch hinterlassen hat.«

Die Pinkertons fuhren sich nachdenklich übers Kinn. Schließlich sagte Alexis dem Gärtner, dass auch Hergés Leichnam verschwunden sei. Der Gärtner erschrak und fragte, wer denn zu einer derart frevelhaften Tat fähig sein könnte.

»Tintinologen oder Linksextremisten? Was ist Ihre Einschätzung?«

»Ich verstehe etwas von Gärtnerei. Aber wenn Sie mich fragen, tippe ich eher auf einen vermögenden Sammler. Die Kinder von damals sind ja heute erwachsen. Und einige haben es wohl zu Vermögen gebracht und kaufen sich Kindheitserinnerungen zusammen.«

»Cui bono«, sagte Alexis mit erhobenem Zeigefinger und schaute in die Runde. Léon sagte, Monsieur Hergé habe eine Viertelmilliarde Bücher verkauft, man müsste also eine Viertelmilliarde Menschen befragen. Aber Alexis wandte ein, dass die meisten Fans alle Alben gekauft hätten, also wären es vielleicht zehn Millionen Tatverdächtige und wenn die Hälfte davon schon verstorben sei, müsse man nur noch fünf Millionen überprüfen. Alexis sinnierte, dass dies immer noch einige zu viel für eine flächendeckende Untersuchung wären und Léon pflichtete ihm bei: »Das wären sogar viele *einige zu viel.*«

»Können wir Hergés Witwe irgendwie erreichen?«, fragte Tintin-Lutin.

»Nein«, bedauerte der Gärtner, »nur Viviane Vandeninden könnte vielleicht etwas wissen, aber sie begleitet ja Fanny. Viviane ist geschieden und Fanny verwitwet, das schweißt zusammen.« Dann fiel ihm plötzlich noch etwas ein: »Bevor Fanny nach Asien aufbrach, war ein Souvenirhändler aus London hier zu Besuch. Er wollte eine Lizenz für einen Tintin-Lutin-Shop. Vielleicht sollten Sie in London anrufen, aber erreichen werden Sie ihn nicht, denn er entschloss sich spontan, Fanny nach Asien zu begleiten. Ich glaube, da bahnt sich was an zwischen den beiden, und das wird Viviane Vandeninden gar nicht gefallen.«

Er blickte in die Runde und machte dabei eine bedeutungsvolle Miene: »Als sich Fanny letzte Woche telefonisch erkundigte, ob hier alles reibungslos laufe, sagte sie, Viviane habe sich eine Diskushernie zugezogen und verbringe ihre Zeit alleine im Hotel. Aber mit Nick Rodwell verstehe sie sich bestens, auch wenn er für das indische Medium Gurumayi nur Spott übrig habe.«[38]

Tintin-Lutin fragte, wann die drei zurückkämen. Der Gärtner sagte, das könne Monate dauern, aber wieso sie denn nicht Germaine Kieckens besuchten, Hergés erste Frau? Sie wohne immer noch auf ihrem damaligen Anwesen südöstlich von Waterloo und niemand kenne Hergé und sein Umfeld besser als sie.«

18

Germaine Kieckens[38]

Der Kapitän und Tintin-Lutin fuhren in einem weißen Jaguar XJ die A4 Richtung Wavre-Namur und nahmen nach einer halben Stunde die Ausfahrt Richtung Ottignies-Louvain-la-Neuve in der französischsprachigen Provinz Wallonisch-Brabant. In Céroux-Mousty befanden sich die Anwesen mit großem Umschwung, darunter auch das Landhaus, das seinerzeit Hergé und Germaine Kieckens bezogen hatten. Germaine wohnte immer noch dort. Der Kapitän parkte vor der großzügigen Einfahrt und warf einen Blick auf seine Uhr. Er schlug vor, noch einige Minuten zu warten, Pünktlichkeit sei die Tugend seiner Generation.

»Ich mache mir Sorgen um Filou«, sagte Tintin-Lutin, »finden Sie nicht, dass er in letzter Zeit nur noch döst?«

»Vielleicht hat er was aufgelesen, das wird schon wieder«, versuchte der Kapitän zu beruhigen. In diesem Augenblick wurde die Haustür geöffnet und eine ältere Frau mit feuerrotem Haar trat ins Freie. Es war die 77-jährige Germaine Kieckens, die erste Ehefrau von Hergé. Obwohl sie einen Gehstock benutzte, wirkte sie in keiner Weise fragil, sondern resolut und dominant, sie verströmte Präsenz und Autorität. Tintin-Lutin und Schellfisch stiegen aus und stellten sich vor. Germaine sagte, sie möge pünktliche Menschen, dann sah sie Filou auf der vorderen Fußmatte und ermunterte Tintin-Lutin, den Hund mitzunehmen. Sie habe nichts gegen Hunde, aber Georges, der habe Hunde gehasst, Katzen hingegen, die hätte er geliebt, *»zeitweise hatten wir über zwanzig im Haus.* Kommen Sie rein.«

Germaine führte die beiden Freunde durch einen breiten Flur, der mit gerahmten Zeichnungen und Ölbildern behangen war. Tintin-Lutin blieb vor einem naturalistischen Landschaftsbild stehen und bemerkte, dass ihn die Vielfalt in Hergés Werk immer wieder beeindrucke. Germaine sagte, was hier an den Wänden hänge, sei nicht von Georges, das seien ihre eigenen Zeichnungen: »Ich male und zeichne jeden Tag, das ist immer noch meine große Leidenschaft, aber nachdem ich aus Georges Remi den großen Hergé gemacht hatte, zählte nur noch Hergés Werk.«

Für einen Augenblick hatten sie Hader und Melancholie heimgesucht, aber gleich darauf hatte sie ihre Gefühle wieder im Griff: »Kommen Sie, ich habe uns einen Ginger-Orangen-Tee gemacht.«

Der Flur führte in ein offenes Wohnzimmer, das eher wie das Atelier einer gut situierten Künstlerin eingerichtet war. Sie setzen sich an einen gläsernen Tisch. Auffallend war die Ordnung an diesem Ort der Kreativität. Auf dem Tisch stapelten sich Fotoalben, Magazine und Zeitungsausschnitte. Germaine setzte sich und legte den Gehstock beiseite: »Den habe ich seit vierunddreißig Jahren, wissen Sie, *Georges hat hohe Geschwindigkeiten immer geliebt. Er fuhr immer sehr schnell. 1952*[39] *hatten wir einen Unfall mit der Lancia Aprilia. Seitdem gehe ich am Stock.*[40]

Sie erzählte, dass Georges den Geschwindigkeitsrausch liebte und sie bei einem riskanten Überholmanöver zum Krüppel gemacht habe, ihre Knochen seien beim Aufprall mehrfach gebrochen, förmlich explodiert, Monate habe sie im Spital verbracht und danach habe sie einen Rollstuhl gebraucht. Ausgerechnet sie, die den Sport liebte, die Bewegung. Heute schrieben die Biografen, Georges habe schnelle Autos geliebt, mehr nicht. Aber seitenlang beschreiben sie die Automodelle in den Comic-Alben: »Sie ertränken die Wahrheit in einem Meer von Belanglosigkeiten. Der Mythos Hergé hat nichts, aber auch gar nichts mit dem Menschen Georges Remi zu tun. Und daran ist eigentlich Pol Vandromme schuld.«

»Setzen Sie sich doch.« Sie nahm ein Buch vom Stapel und schob es über den Tisch, »Le Monde de Tintin« von Pol Vandromme.

»Das war die erste Biografie über Georges, 1959 erschienen. Als Pol ein Jahr zuvor Georges um Auskünfte bat, geriet er in Panik, denn sein ganzes Leben war bereits durcheinandergeraten. Das hatte ihm gerade noch gefehlt, dass schon wieder jemand seine Kollaboration mit den Nazis während der Kriegsjahre thematisierte, seine Verhaftung[41], seinen Gefängnisaufenthalt[42], das Berufsverbot und den Entzug der Bürgerrechte. Sogar den Führerausweis hatten sie ihm abgenommen. Wissen Sie, für die Brüsseler Bevölkerung waren die Jahre unter deutscher Besatzung die ›Schwarzen Jahre‹, aber für Georges waren es die ›Goldenen Jahre‹. Doch dann erfuhr er, dass Pol Vandromme schon etliche Nazi-Kollaborateure mit Biografien reingewaschen hatte. Er gab grünes Licht, blieb aber misstrauisch. Er redigierte jedes Kapitel, bevor Pol das nächste schreiben durfte. In gewissen Sinne war er Vandrommes Co-Autor.« Ein Lächeln huschte über ihr Gesicht, aber gleich froren ihre Gesichtszüge wieder ein, und sie wirkte wie eine unerschrockene, eiserne Lady, die Heiterkeit für eine Schwäche hielt.

»Pol Vandromme schrieb voller Begeisterung, dass Georges mit seinem Werk den Olymp der Literatur betreten habe und verglich die einzelnen Comic-Alben mit Werken von Hemingway, Hitchcock, Jules Verne, Stendhal, Simenon und

D. H. Lawrence. Seine Biografie war der Grundstein und Sockel für die Errichtung eines belgischen Nationaldenkmals. Mit wenigen Ausnahmen beteiligten sich alle späteren Biografen an der Pflege und Veredelung des Mythos Hergé, der den realen Comiczeichner allmählich unter sich begrub. Pol Vandromme brachte das Kunststück fertig, die ›Schwarzen Jahre‹ mit gerade mal fünf Seiten zu überfliegen. Und wissen Sie, wie es ihm Georges gedankt hat?«

Heiterkeit überzog für einen kurzen Augenblick ihr Gesicht: »Er hat ihn verklagt, weil er auf dem Cover die Köpfe seiner Comicfiguren abgebildet hatte.«

Sie bat ihre Gäste, sich selbst zu bedienen und schob Schellfisch eine Dose mit Biscuits über den Tisch.

Tintin-Lutin schenkte allen Tee ein, während Germaine Kieckens weitererzählte: »Aber vielleicht möchten Sie wissen, was sich hinter dem Mythos Hergé verbirgt?

Georges sagte stets, in seiner Kindheit und Jugend sei alles grau und mittelmäßig gewesen. Er wuchs in einem erzkonservativen katholischen Umfeld auf. Das hat ihn geprägt. In jener Zeit war der Hass auf die Bolschewiken und die Ablehnung von Juden und Ausländern integraler Bestandteil dieses religiösen Fundamentalismus. Georges trat katholischen Pfadfinder-Vereinen bei, später dem nationalen *Le Boy-Scout,* für den er regelmäßig Comics zeichnete. In dieser Zeit lernte er zwei begeisterte Pfadfinder kennen, Raymond De Becker und Léon Degrelle. Sie wurden Freunde fürs Leben. Georges hat immer gerne gezeichnet. Seine erste Comic-Serie erzählte die Abenteuer des kleinen Pfadfinders ›Totor‹. Mit achtzehn findet er einen Job in der Abonnementsabteilung der rechtslastigen katholischen Tageszeitung *Le Vingtième Siècle.* Ich war ein Jahr älter als Georges und arbeitete bereits als Sekretärin des Chefredaktors Pater Norbert Wallez. Ich nahm Georges kaum wahr, er war so naiv und unreif. Ich hatte kein Interesse an ihm, ich stand auf ältere, reifere Männer, Männer wie Wallez. Er war ein sprachgewaltiger ›curé de choc‹, ein Haudegen Gottes, unkonventionell, humorvoll, charismatisch. Die Brüsseler Jugend vergötterte diesen Bud Spencer des radikalen Katholizismus und fraß ihm aus der Hand.«

Bereits damals zeichnete Georges kleine Comics für Pfadfinder-Magazine. Eine Illustration ist mir geblieben: Sie zeigt einen alten, gebückten Juden[43] mit Hut und langem Bart. Er steht vor einer Wand. Sein Schatten erinnert an die Silhouette eines Verbrechers mit Schlapphut. Natürlich mag kein Biograf erwähnen, dass Georges bereits als 17-Jähriger ein Antisemit war. Wie die meisten Katholiken seiner Zeit.

Georges leistete seinen Militärdienst und kam dann in die Redaktion zurück. Er war jetzt zweiundzwanzig und wurde aufgrund seines zeichnerischen Talents gleich zum Leiter der neu geschaffenen Kinderbeilage *Le Petit Vingtième* ernannt. Ich war bereits Chefredaktorin der Frauenbeilage[44]. Manchmal illustrierte ich das Cover der Kinderbeilage und manchmal illustrierte Georges das Cover der Frauenbeilage. Meine Textbeiträge signierte ich mit Tantine[45]. Pater Wallez tat alles, damit Georges und ich als Team zusammenarbeiten mussten.«

Sie legte eine Pause ein, als würde sie das, was anschließend geschah, immer noch nicht verstehen: *»Wir haben später geheiratet. Pater Wallez zuliebe. Ich empfand keine wahnsinnige Liebe für Georges. Er war nicht mein Typ. Ich hätte gerne einen älteren Mann gehabt, reifer …«*[46]

Aber Wallez war unser gemeinsamer Mentor, unser Übervater, wir liebten ihn. Er verkörperte Mut, Stärke, Dominanz und hatte Humor. Wallez verehrte Mussolini. Er hatte ihn in Rom besucht. Seitdem hing das Porträt des Faschisten-Führers in seinem Büro, mit einer persönlichen Widmung und Signatur. Da wir Wallez liebten, liebten wir auch Mussolini.«

Sie nahm einen Schluck Tee und schien in stillen Erinnerungen zu verweilen. Sie hob den Kopf und musterte uns. Sie sagte, sie sei sechsundzwanzig gewesen, als sie Georges heiratete, er fünfundzwanzig.

»Das war 1932. Georges hat sich sofort untergeordnet, er wusste, dass er mir nicht das Wasser reichen konnte. Wenn er ein Problem hatte, schickte er mich vor, um das Unangenehme zu erledigen. Er bat stets um meinen Rat. Er wollte für die Werbung arbeiten, mit Gebrauchsgrafiken Geld verdienen, aber ich sagte ihm, er solle voll auf Comics setzen. Ohne mich würde es heute keinen Hergé geben, und Sie säßen nicht hier. Aber das werden Sie in keiner Biografie lesen. Denn als Georges Remi später zu Hergé wurde, schrumpfte die Frau, die ihn groß gemacht hatte, zur unbedeutenden Sekretärin.«

Sie hielt inne und ihre Gesichtszüge wurden straffer und härter: »Dann kam der Krieg. Im Mai 1940 griffen Verbände der deutschen Heeresgruppen unser Land an. Alexander von Falkenhausen, der Chef der deutschen Militärverwaltung, übernahm die Kontrolle über die Medien. *Le Vingtième Siècle* wurde geschlossen, die Tageszeitung *Le Soir* avancierte unter ihrem Chefredaktor Raymond De Becker zum Propaganda-Organ der deutschen Besatzungsmacht. Für die meisten meiner Landsleute bedeuteten die folgenden vier Kriegsjahre Angst, Schrecken und Mangel an vielem, für Georges begannen hingegen die vier ›Goldenen Jahre‹. Er wechselte in die Redaktion von Raymond De Becker, auch er ein Jugendfreund aus Pfadfindertagen. Hier hofften alle auf die ›Neue Ordnung‹. Während Raymond De Becker in der linken Zeitungsspalte von *Le Soir* seine Kolumne über die germanische Ethik publizierte, erschienen in der rechten Spalte Georges' Comics und in der Jugendbeilage Judenwitze[47]: Bucklige Juden mit krummer Nase, aufgeworfenen Lippen, Schläfenlocken, Bart und Hut, die gierig und verschlagen ihren Geldgeschäften nachgehen.

Als Hitler Belgien überfiel, zogen sich viele Comic-Zeichner diskret zurück, *ils cassent leur plumes*[48], pflegte man in Brüssel zu sagen, sie zerbrachen ihre Zeichenstifte und verweigerten sich. Georges sah das als Chance. Er sprang sofort in die Lücke und belieferte nun gleich drei nazifreundliche Zeitungen mit seinen Illustrationen. Seine Abende verbrachte er mit seinen Arbeitskollegen in den Lokalen und Bars, die auch von den SS-Offizieren frequentiert wurden. Dem deutschen Besatzungsoffizier Burckas[49] schenkte er gar den Band *Das Geheimnis der ›Einhorn‹* mit einer persönlichen Widmung. Sie alle glaubten an Hitlers Endsieg. Ich erinnere mich noch an die feurige Rede von Léon Degrelle im ›Palais des Sports‹[50], er forderte den Anschluss Belgiens an Deutschland, die Massen tobten. Wir waren überzeugt, dass die ›Neue Ordnung‹ unmittelbar bevorstünde.«

Sie machte eine Pause und musterte ihre Gäste, als wolle sie ihre Gedanken erraten. Schließlich sagte sie trocken: »In den späten Abendstunden des 3. Septembers endeten die ›Goldene Jahre‹. Die britische Armee rückte über die Avenue de Tervuren vor und befreite die Hauptstadt Brüssel. Auf dem Boulevard de Waterloo wurden die Soldaten frenetisch gefeiert. Georges feierte nicht. Er hatte keinen Grund dazu. Im Gegenteil, er hatte Grund zur Sorge. Belgien erhielt seine Freiheit zurück, Georges verlor die seine.

Kommunisten besetzen die Redaktionsräume von *Le Soir* und druckten die ›Galerie der Verräter‹ mit der genauen Wohnadresse der Kollaborateure. Ein wütender Mob zog durch die Straßen auf der Suche nach Verrätern. Wir verschanzten uns in der Wohnung.

»Und Hergé kam glimpflich davon?«, fragte Schellfisch.

»Nein, er wurde viermal als Kollaborateur verhaftet und verbrachte eine Nacht im Gefängnis. Er hatte daraufhin zwei Jahre Berufsverbot, und die Bürgerrechte wurden ihm ebenfalls entzogen.[51] Auch den Fahrausweis haben sie ihm abgenommen. Das hat ihn besonders geärgert. Er wollte dann mit mir und meiner Mutter nach Argentinien auswandern, schrieb Briefe an südamerikanische Botschaften. Um in der Zwischenzeit Geld zu verdienen, war er nun ausgerechnet auf seine damaligen Co-Autoren angewiesen, die ihn jahrelang vergebens darum gebeten hatten, sie als Miturheber zu nennen. Sie waren nicht nachtragend und halfen Georges.

Léon Degrelle und Raymond De Becker, die beiden Freunde aus Pfadfindertagen, wurden zum Tode verurteilt. Léon floh rechtzeitig nach Spanien, und Raymonds Strafe wurde in ›lebenslänglich‹ umgewandelt, er erkrankte an Krebs. Georges hat ihn bis zu seinem Selbstmord 1969 finanziell unterstützt.

1947 wurde auch Pater Wallez verurteilt und enteignet. Er verbrachte vier Jahre in Charleroi, wurde wegen einer Krebserkrankung vorzeitig entlassen und lebte einige Monate auf unserem Anwesen.[52] Wir haben ihn bis zuletzt im Spital besucht.«

»War es aus alter Freundschaft oder weil Sie seine Ideologie immer noch teilten?«, fragte Tintin-Lutin.

»Bei mir war es Freundschaft, von all diesen menschenverachtenden Ideologien hatte ich mich emanzipiert. Bei Georges war es anders. Wenn man ihn später auf seine Kollaboration mit den Nazis ansprach, sagte er stets: *Ich entschuldige mich nicht, ich erkläre mich*[53]. Das war bis zuletzt seine Haltung.«

»Aber wieso musste er nicht wie die anderen Redakteure von *Le Soir* ins Gefängnis?«, Schellfisch konnte das nicht verstehen.

»Diese Frage hat damals auch der Anwalt Duval einem Justizbeamten gestellt. Und wissen Sie, was er geantwortet hat?

Man könne Hergé nicht einsperren, weil man sonst die ganze belgische Jugend gegen sich aufbringen würde. Er war bereits zu groß, um zu fallen. Aber der Entzug der Bürgerrechte verhinderte die Ausreise nach Argentinien, und das Berufsverbot setzte ihm arg zu. Als man Georges später fragte, welche Zeit die schwierigste in seinem Leben gewesen sei, nannte er nicht den Krieg, sondern die Zeit danach und klagte über die Intoleranz und Ungerechtigkeit, die ihm damals widerfahren seien.« Sie hielt einen Augenblick inne und musterte ihre beiden Besucher. Schließlich fuhr sie fort: »Er fiel in ein tiefes Loch. Manchmal tauchte er spurlos unter. Er litt an Depressionen. Er suchte Hilfe bei Priestern, Wahrsagern, Hellsehern und Ärzten. Er sah sich als Opfer einer Rufmordkampagne, begann seine Kritiker mit eingeschriebenen Briefen zu bombardieren, forderte öffentliche Entschuldigungen und drohte mit Klagen.

Ich wollte einen Neubeginn, Kinder, eine richtige Familie, aber Georges mochte keine Kinder. Weder Kinder noch Hunde. Wenn die Kinder der Nachbarn draußen spielten, ging er hinaus und verscheuchte sie[54]. Ich setzte Georges unter Druck. Schließlich adoptierten wir einen siebenjährigen Jungen aus dem Waisenhaus, aber nach fünfzehn Tagen nahm er den Jungen bei der Hand und brachte ihn ins Waisenhaus zurück.[55] Er halte die Anwesenheit von Kindern nicht aus.«

»Hat das Ihre Ehe zerstört?«, fragte Schellfisch.

»Nein, noch nicht, dann folgte dieser schwere Autounfall. Aber auch das hätte ich ertragen, auch all seine Affären, aber dann stellte Georges ein einundzwanzigjähriges Model als Koloristin ein, Fanny Vlamynck[56], ein bildhübsches Mädchen. Bereits wenige Monate später waren sie ein Liebespaar. Hergé hatte stets Affären, *er war ein ›coureur de jupons‹*[57], ein Schürzenjäger, er begehrte alles, was einen Rock trägt. Ich dachte, das sei wie üblich eine kurze Romanze, aber ich täuschte mich. Georges weihte mich ein, wie ein Teenager seine Mutter. Er hatte sich verliebt, wollte aber nicht auf mich verzichten, denn ich war immer noch der Fels in seinem Leben. Er schlug mir eine Ehe zu dritt vor. Ich lehnte ab, verweigerte auch die Scheidung. Georges verlor gänzlich das Gleichgewicht. Er war hin- und hergerissen, wollte ausbrechen, getraute sich aber nicht, weil er Angst vor Veränderungen hatte. Er rang mit seinen Dämonen und besuchte auf Anraten von Raymond De Becker den Zürcher Psychiater Riklin. Er träumte von weißen Flächen. Riklin riet ihm, seine Dämonen zu akzeptieren und mit dem Zeichnen aufzuhören, doch Georges machte weiter.

1960 wurden die weißen Flächen farbig. ›Tim im Tibet‹ erschien, die Biografie von Pol Vandromme war auf dem Markt und in aller Munde. Georges wurde Hergé, der belgische Nationalheilige. In den Studios soll er sich wie ein Feldweibel aufgeführt haben, sprach in der dritten Person von sich. Jetzt hatte er den Mut, das gemeinsame Haus zu verlassen und sich in der Nähe der Studios eine Wohnung zu nehmen. Ich blieb alleine mit meinem Gehstock zurück.«

Sie hielt einen Augenblick inne und nahm einen Schluck Tee. Ihre Gesichtszüge wurden bitter: »Fanny und ich, wir haben zwei völlig verschiedene Männer kennengelernt: ich Georges Remi, einen unreifen Jungen, der Führung brauchte und einen gewissen Zwang, um die Spitze zu erklimmen, Fanny hingegen lernte den weltberühmten Hergé kennen. Ich war die Frau für den Aufstieg, Fanny die Frau, um oben auf dem Gipfel die Aussicht zu genießen.

Fanny wurde wichtiger als Tintin. Es war, als hätte sie ihm den Griffel aus der Hand genommen. Er, der sein Leben in einem Umkreis von dreißig Kilometern verbrachte hatte, begann plötzlich zu reisen. Mit Fanny. Rund um die Welt.

Fanny bot ihm Jugend, Unbekümmertheit. Sie interessierten sich für fernöstliche Esoterik, besuchten Kunstausstellungen. In den Studios wurden die Kaffeepausen länger, es war ihm egal, er war Multimillionär, weltberühmt, allseits beliebt. Er schrieb seinem Freund Matthieu Lindon: *Alles, was mit Zeichnungen und Illustrationen zu tun hat, ist für mich unerträglich geworden.*[58] Er war ›signed off‹. Niemand konnte ihm mehr irgendetwas anhaben. Wozu noch Alben schreiben?

In den folgenden dreiundzwanzig Jahren erschienen nur noch drei neue Alben, es sind mit Abstand die schlechtesten. Im gleichen Zeitraum erschienen siebenundzwanzig neue Asterix-Bände. Georges hatte keine Lust mehr, es war ihm manchmal fast peinlich, ein Comic-Zeichner zu sein.«»Wieso haben Sie sich 1960 nicht scheiden lassen?«

»Ich habe das so entschieden. Ich war noch fünfzehn Jahre lang Madame Hergé ohne Hergé. In dieser Zeit bat er mich, ihn weiterhin bei besonderen Anlässen zu begleiten, er wollte den Anschein erwecken, wir seien noch ein Paar. Der freundlich lächelnde Monsieur Hergé mit Ehefrau, der Aristokrat im feinen Tuch, der stets vornehm leise sprach und gönnerhaft wie ein Grandseigneur zuhörte. Die Scheidung war 1975, und wenig später wurde Fanny die neue Madame Hergé.

1983 hat er mich zum letzten Mal besucht. *Du siehst so müde aus, sagte ich ihm. Ja, ich bin sehr müde, antwortete er.*[59] Er war am Ende seiner Kräfte. Wenige Tage später ist er in die Klinik eingetreten. Georges starb am 3. März 1983 im Universitätsklinikum Saint-Luc. Nur seine engsten Freunde Stéphane Janssen und Gabriel Matzneff[60] wussten, dass er auch an Aids erkrankt war. Damals war die Krankheit noch kaum bekannt. An der Beerdigung war ich nicht erwünscht. Fanny hatte es so gewollt.«

»Sie hatten bis zuletzt Kontakt?«, fragte Tintin-Lutin erstaunt.

»Ja«, sagte sie, »hatten Sie einen Rosenkrieg erwartet? Nein, dazu wäre Georges mental gar nicht in der Lage gewesen. Er war zu schwach, er hätte mir nie das Wasser reichen können, und er wusste es. Er besuchte mich jeden Montag, wenn er nicht gerade auf Reisen war, dreiundzwanzig Jahre lang. Er brauchte meine Stärke, weil er so schwach war, aber als ihn sein Biograf Benoît Peeters[61] kurz vor seinem Tod interviewte, sagte Georges: *»Wenn ich Ihnen sagen würde, dass ich in Tintin mein ganzes Leben gelegt habe …«* Es ist das beliebteste Hergé-Zitat. Es dient dem Mythos Hergé, mehr nicht. Es entspringt dem Hader, der viele Menschen vor dem Lebensende heimsucht, wenn sie ihr Leben Revue passieren lassen und den Eindruck haben, sie hätten zu wenig von diesem Leben gehabt, sie hätten zu wenig für sich und zu viel für andere getan. Es ist die letzte Lebenslüge eines Künstlers, der Großartiges geleistet hat, aber selbst nicht großartig war.«

Sie hielt inne und erwartete eine Reaktion ihrer Gäste. Doch Schellfisch wollte zum Punkt kommen und sagte, sie seien eigentlich gekommen, weil sie Hergés Grab auf dem Friedhof besucht hätten: »Das Grab war leer.«

»Ich weiß«, sagte Germaine, »ich habe davon gehört, aber ich kann Ihnen auch nicht weiterhelfen.«

»Wer könnte uns weiterhelfen?« insistierte Tintin-Lutin.

»Vielleicht Bob De Moor, er ist einer der zahlreichen Co-Autoren, die Georges unterschlagen hat. Bob hätte allen Grund, nachtragend zu sein.«

19

James weiß mehr

»Was wissen Sie über Bob De Moor«, fragte Tintin-Lutin als er die große Wohnküche auf Schloss Cheverny betrat. James saß am wuchtigen Esstisch und war über ein aufgeschlagenes Buch gebeugt, neben ihm lag ein Stapel von Büchern, Zeitungen und Magazinen. Auf dem Herd köchelte ein philippinisches Adobo Chicken, der Professor hatte um eine philippinische Woche gebeten, um sich auf ein mögliches neues Abenteuer auf den Philippinen einzustimmen.

James blickte von seiner Lektüre auf und sagte, Bob De Moor sei einer der zahlreichen Co-Autoren gewesen. Als Hergé 1950 die *Studios Hergé* gründete, sei Bob De Moor erst fünfundzwanzig Jahre alt gewesen, Hergé bereits dreiundvierzig: »Bob wurde rasch Hergés rechte Hand und sollte eines Tages die Leitung der Studios übernehmen. Hergé hat sich hartnäckig geweigert, seine Co-Autoren namentlich in den Alben zu erwähnen. Er sagte immer, sie hätten keine Rechte, sondern Pflichten. Und da er sie bezahle, gehöre alles, was sie erfinden und zeichnen, ihm alleine. In einem Interview aus dem Jahre 1983 sagte er zu Numa Sadoul: »*Wenn mir eine Idee gefällt, assimiliere ich sie vollständig, und ich vergesse augenblicklich und für immer, dass sie von einem anderen stammt*[62].«

Es kam immer wieder vor, dass Journalisten, die zu Besuch kamen, die Skizzen der Co-Autoren nicht von den Zeichnungen von Georges unterscheiden konnten. Das hat ihn verunsichert, und er begann bei Interviews ungefragt zu erwähnen, dass er der alleinige Schöpfer des Tintin-Universums sei und dass die Comic-Bände nicht das Produkt einer Industrie oder eines Teams seien. »Tintin, c'est moi«, Tintin, das bin ich. Alle Gags würden seiner eigenen Fantasie entspringen. Wusste ein Interviewer Bescheid und bohrte nach, wechselte Hergé sofort in den Hymnen-Modus und lobte seine unterschlagenen Co-Autoren in den höchsten Tönen. In der Blütezeit der Studios hatte er bis zu fünfzig Mitarbeiter unter Vertrag. Viele von ihnen waren ehemalige Nazi-Kollaborateure.«

Der Küchen-Timer piepste. James stand auf und nahm das Adobo vom Herd. Er tunkte einen Suppenlöffel in die Sauce und probierte. Allem Anschein nach war er zufrieden mit dem Ergebnis. Er nahm eine kleine Reisschale, legte ein Stückchen Chicken hinein und übergoss es mit Sauce: »Wollen Monsieur degustieren?«

Tintin-Lutin kostete und war schwer beeindruckt: »Woher nehmen Sie all diese Fähigkeiten, James?«

»Die Köchin im Sukhothai hat mir das beigebracht. Dachten Sie etwa, ich hätte kein Privatleben?«

»Natürlich nicht«, wiegelte Tintin-Lutin ab und schaute sich den Bücherstapel auf dem Tisch an, das meiste waren Biografien über Hergé.

»Ich habe fast alle gelesen, auch die verbotenen.«

Tintin-Lutin hob erstaunt die Augenbrauen: »Dann können Sie mir bestimmt sagen, wer mein Schöpfer ist.«

James zögerte: »Der Erfolg hat viele Väter, Monsieur, aber der Misserfolg ist eine Waise. Ich denke, Sie wurden bereits 1898 gezeugt. Von Benjamin Rabier. Er war damals der berühmteste Kinderbuchautor Belgiens. Jeder kannte ihn, ganze Generationen von Kindern hatten seine Bücher verschlungen und seine sprechende Ente ›Gédéon‹ geliebt. Einer seiner

Comics hatte einen kleinen Jungen als Helden, er hieß Martin, aber seine Mutter nannte ihn ›Tintin-Lutin‹, er war vielleicht acht Jahre alt, hatte eine blonde Haartolle und trug Golfhosen, ein echter Lausbube. Hergé hatte stets zugegeben, dass er die sprechende Ente Gédéon kannte, aber er hatte oft bestritten, dass er den Comic ›Tintin-Lutin‹ kannte. Manchmal behauptete er, sein Bruder Paul sei die Vorlage[63] gewesen, denn Paul sei *in seiner Art ein bisschen Tintin-Lutin gewesen.* Sie hätten ihn *Major Tintin genannt.* Aber sie nannten ihn Major Tintin, weil sie eben alle die Comics von Benjamin Rabier gelesen hatten. Alle, auch der Abbé Norbert Wallez. Er war es, der Georges 1928 die Idee gab, einen etwas älteren Tintin-Lutin zu entwerfen. Es war das Jahr, als der 16-jährige Däne Palle Huld[64] in allen Medien war. Die Tageszeitung *Politiken* hatte zu Ehren des 100. Geburtstages von Jules Verne einen Wettbewerb ausgeschrieben. Der Gewinner sollte wie die Romanfigur *Phileas Fogg* in 80 Tagen um die Welt reisen. Nach 44 Tagen kam Palle Huld bereits zurück und wurde von 20000 begeisterten Menschen am Kopenhager Hauptbahnhof empfangen. Das war ein großes Thema, auch in der Redaktion von *Le Vingtième Siècle.* Ich glaube, dass Sie ein genetisches Patchwork von verschiedenen Vätern sind, ein bisschen Benjamin Rabier, Albert Londres und vielleicht sogar Léon Degrelle.«

»Léon Degrelle?«, fragte Tintin-Lutin ungläubig.

»Ja, Léon Degrelle. Der Freund aus Pfadfindertagen. Auch er arbeitete in der Redaktion des *Le Vingtième Siècle.* Degrelle war ein Jahr älter als Hergé, sie waren beste Freunde, die einzigen auf der Redaktion, die sich duzten. Léon Degrelle war ein stadtbekannter Dandy, sie nannten ihn ›Léon, le Beau‹, er hatte eine freche Haartolle und lief in Golfhosen herum. Er reiste viel und erlebte aufregende Abenteuer. Als Auslandskorrespondent in Mexiko[65] schickte er US-Zeitungen mit US-Comics in die

Redaktion[66]. Während Georges seine Texte in separaten Boxen unter das Bild schrieb, setzten die Amerikaner beschriftete Sprechblasen gleich ins Bild. Aber in belgischen Biografien ist Léon Degrelle eine Persona non grata.«

»Sollte er mehr sein?«, fragte Tintin-Lutin.

»Hat Ihnen Hergé nie von Léon Degrelle erzählt? Natürlich nicht.«

Tintin-Lutin wollte nun endlich wissen, wer dieser Degrelle war.

»Léon Degrelle«, erklärte James, »wurde später der Führer der Rexisten, der Vereinigung der belgischen Faschisten. Hergé entwarf Wahlplakate für die Rexisten und signierte mit seinem Namen. Degrelle träumte von der ›Neuen Ordnung‹, von einer europäischen Union unter Hitlers Führung. Während des Krieges gründete er im August 41 die SS-Freiwilligen-Legion Wallonien. Er war ihr Befehlshaber im Rang eines SS-Brigadeführers und Generalmajor der Waffen-SS. Im August 1944 verlieh ihm Adolf Hitler persönlich das Ritterkreuz mit Eichenlaub und Schwertern. Degrelle wurde zu einem der höchstdekorierten Ausländer in der Waffen-SS. In ganz Europa war er als Hitler Belgiens bekannt.«

»Wollen Sie damit sagen, dass ein Nazi mich nach seinem Ebenbild erschaffen hat?«, ereiferte sich Tintin-Lutin.

»Das behauptet Degrelle in seinem neuen Manuskript, das unter dem Titel *Tintin, mon copain*[67] in den *Editions du Pélican d'or* erscheinen soll.«

Tintin-Lutin verwarf die Hände: »Es ist doch nicht Hergés Fehler, wenn sich ein Jugendfreund später zum Nazi entwickelt.«

»Sicher nicht«, pflichtete ihm James bei, »aber Hergé hat auch Wahlplakate für die Rexisten illustriert und Bücher von Degrelle wie »Histoire de la guerre scolaire«[68], die in der Edition Rex, im Verlag der belgischen Faschisten erschien, und in den 50er-Jahren bestellte Hergé immer noch die Werke von Léon Degrelle, diskret bei seinem Lausanner Buchhändler.[69] Freunden gegenüber lobte er Degrelles Werk. Der Biograf Pierre Assouline hat die Briefe[70] gelesen, er war der bisher einzige Biograf, der von Fanny die Erlaubnis erhielt, das private Archiv von Hergé auszuwerten. Alle Biografen reden die Freundschaft zu Degrelle klein, aber Hergé sagte 1973 dem Magazin Humo, dass Degrelle *ein respektabler Mann*[71] gewesen sei und 1975 gestand er sogar, was seine Biografen stets bestritten, dass er nämlich *die Comics dank Léon Degrelle entdeckt habe.*[72]«

»Wollen Sie damit andeuten, dass Hergé ein Faschist ohne Reue war?«

»Bedaure, Monsieur, aber Hergé verkehrte zeitlebens in rechtsextremen Kreisen und stellte Nazi-Kollaborateure in den Studios Hergé ein. Die Wahlplakate, Bücher, Illustrationen, das ist alles noch vorhanden. Auch die amtlichen Dokumente, die ihn der Kollaboration mit den Nazis beschuldigen. Das lässt sich nicht bestreiten, das kann man nur verschweigen. Aber seit dem Erscheinen von Pol Vandrommes Biografie wird Hergé laufend neu erfunden, wird selbst zu einem fiktiven Helden, den es so nie gegeben hat. Die belgischen Biografen fühlen sich nicht mehr den Fakten verpflichtet, sondern der Pflege des Mythos Hergé.

Melissa betrat mit zwei vollen Einkaufstüten die Küche: »Ich habe alles gefunden, Monsieur James, sogar Harissa!«

»Sie kocht für uns zwei Tajine, einen Auflauf aus gekochtem Fleisch, harten Eiern und kleinen Kartoffeln. Ich muss das testen, bevor wir es den Herrschaften vorsetzen.«

Melissa lachte: »Diese sauscharfe Harissa-Paste wird Sie aus den Socken hauen, Pfefferschoten, Knoblauch und Gewürze, die den wilden Stier in Monsieur James wecken werden.«

»Ich bitte Sie, Melissa«, sagte James verlegen, »wärmen Sie schon mal den Backofen vor. Die Küche gehört Ihnen.«

»Lebt Léon Degrelle noch?«, fragte Tintin-Lutin ungeduldig, während Melissa ihre Einkäufe auf der Küchenablage stapelte.

»Ja, es gibt Tintinologen, die nach Málaga geflogen sind, um sein Manuskript zu lesen. Auch Stéphane Steeman war einer von ihnen, er gilt als weltweit größter Sammler von allem, was Tintin betrifft. Er hat das Manuskript als billige PR für Degrelles Memoiren bezeichnet. Er sorgt sich um den Wert seiner Kollektion. Er sagt, Georges habe zwar Bücher von Faschisten illustriert und mit *Hergé* signiert, aber er habe den Inhalt nie gebilligt. Würden Sie das Vorwort zu einem Buch schreiben, dessen Inhalt Sie ablehnen? Wenn es um die Pflege des Mythos Hergé geht, kommt den Tintinologen jede Logik, jeder gesunde Menschenverstand abhanden. Hergé hat nie begriffen, was er seinem ersten Biografen Pol Vandromme zu verdanken hat. Sonst hätte er ihn nicht verklagt.«

»Danke James, es ist wohl an der Zeit, dass wir jetzt Bob De Moor aufsuchen. Vielleicht kann er uns weiterhelfen«, meinte Tintin-Lutin.

»Sie finden ihn bei Lombard in der Avenue Paul-Henri-Spaak«, sagte James.

»Kann er mir auch sagen, wieso Hergés Grab leer ist?« fragte Tintin-Lutin.

»Wenn es einer kann, dann er«, erwiderte James.

20

Bob De Moor[73]

Tintin-Lutin und Schellfisch liefen die Avenue Paul-Henri-Spaak hinunter. Vor dem Haus Nummer 7 blieben sie stehen. Hier residierte der renommierte Comic-Verlag *Le Lombard*, der 1946 mit der Publikation des Jugendmagazins »Tintin« gestartet war. Das belgische Stadthaus galt fortan als Geburtsklinik beinahe aller belgischen Comic-Helden. Eine Mitarbeiterin führte Tintin-Lutin und Schellfisch in ein Büro im zweiten Stock. Hier arbeitete einer der ganz Großen, der mittlerweile 61-jährige Comic-Zeichner Bob De Moor. Er begrüßte die beiden mit einem warmherzigen Lächeln, Bob war ein großgewachsener, drahtiger Kerl, das weiße Haar halblang und mit Gel nach hinten gekämmt. In einem Western hätte er mit seinem borstigen Schnauz einen guten Sheriff abgegeben. Doch sobald er seine übergroße, altmodische Brille auf die markante Nase setzte, machte er eher den Eindruck eines gutmütigen Originals, der keiner Fliege etwas zuleide hätte tun können. An den Bürowänden hingen Ausgaben der Zeitschrift »Tintin«, sein Schreibtisch quoll über, und als er sich wieder setzte und die Arme aufstützte, waren Ähnlichkeiten mit seiner Comic-Figur *Philip Edgar Angus Mortimer* nicht zu übersehen. Die Figur Mortimer war ein Major im indischen Sima, der zusammen mit seinem Freund Blake die Welt rettete. Auch die »Blake & Mortimer«-Alben nutzten die Ligne claire, aber im Gegensatz zu den Tintin-Alben waren die Geschichten realistischer, gründlicher recherchiert und frei von kindlichem Humor und Slapstick.

»Ich unterhalte mich immer wieder gerne über die alten Zeiten«, begann er, »denn sie waren die schönsten meines Lebens. Jetzt bin ich einundsechzig, Georges ist vor drei Jahren gestorben und in diesem Jahr hat Fanny nach sechsunddreißig Jahren die Studios geschlossen und die Hergé-Stiftung gegründet.«

Tintin-Lutin fragte, wieso Fanny die Studios geschlossen habe. Bob De Moor schien erstaunt über die Frage: »Als die Affäre mit Fanny um 1960 begann, wechselte Hergé seinen kompletten Freundeskreis aus. Wir in den Studios gehörten nicht mehr dazu. Schade. Die Abende mit Germaine waren wunderbar gewesen. Wir alle liebten Germaine und erinnern uns gerne an die gemeinsamen Abendessen, aber als Fanny Hergés Geliebte wurde, war das von einem Tag auf den andern vorbei und Tintins Tage gezählt. Fanny verließ umgehend die Studios und wollte als Mannequin arbeiten, aber bei ihrem ersten Auftritt auf dem Laufsteg saß Germaine in der ersten Reihe und fixierte sie mit stechendem Blick. Sie hat nie mehr gemodelt. Germaine lieferte ihr einen veritablen Zickenkrieg, doch bei öffentlichen Anlässen zeigte sich Hergé immer noch mit Germaine.«

»Aber wieso hat Fanny nach Hergés Tod die Studios geschlossen?«, hakte der Kapitän nach.

Schellfischs Unwissenheit schien Bob De Moor zu erheitern. Er legte dar, dass Hergé in seinem Testament verfügt hatte, dass nach ihm niemand neue Comic-Alben mit seinen Figuren zeichnen dürfe. Ohne neue Abenteuer machten die Studios keinen Sinn mehr: »Fanny kassierte die Autorenhonorare, aber die Studios generierten keine neuen Einnahmen mehr. Also blieb Fanny nichts anderes übrig, als die Studios zu schließen. Das war ein unglaublicher Schock für uns. Wir hatten uns stets als Familie gefühlt, Jacques Martin, Edgar P. Jacobs, Greg, Roger Leloup. Unsere Töchter und Söhne arbeiteten bereits in den Studios. Wir waren wirklich eine große Familie.«

Schellfisch warf ein, das sei nicht gerade die feine englische Art, ob er nicht wütend sei auf Hergé.

»Ich kann nur für mich sprechen: Ich empfinde keine Wut.« Bob sagte, für alle sei dies eine große Enttäuschung, eine Kränkung gewesen, Wut sei der falsche Ausdruck: »Ich will Ihnen eine Geschichte erzählen. 1965, kurz vor Weihnachten, weilte Hergé im Urlaub. Jacques Martin und ich zeichneten aus Jux die Seite eines neuen Albums und zeigten sie einem Journalisten des Schweizer Magazins *L'Illustré*.[74] Er zweifelte keine Sekunde daran, dass die Seite aus Hergés Feder stammt. Wir hatten seinen Stil völlig verinnerlicht. Hergé oder Jacques Martin oder Bob De Moor: Das war ein und dasselbe.«

Bob De Moor lachte: »In der Folgewoche kündigte *L'Illustré* in großer Aufmachung ein neues Hergé-Album an.«

»Und wie hat Hergé reagiert?«, fragte Tintin-Lutin.

»Er machte gute Miene zum bösen Spiel und tat so, als sei es auch für ihn ein Scherz gewesen. Aber er war wütend, dass wir öffentlich vorgeführt hatten, dass wir genauso gut waren wie er, genauso gut mit seinen Figuren umgehen konnten. Sie dürfen nicht vergessen, dass Edgar P. Jacobs in den 40er-Jahren praktisch im Alleingang alle bisherigen Bände neu gezeichnet hatte. Er kürzte die Schwarzweiß-Ausgaben von 124 auf 62 Seiten. Wir waren im Krieg, es herrschte Papiermangel. Aber Edgar hat nicht nur gekürzt, er modernisierte alle Bilder und zeichnete sie in Farbe. Er hat die Alben stark verändert, denn man musste ja die Geschichten neu erzählen, damit am Ende jeder Seite ein Cliffhanger auf die Fortsetzung neugierig machte. Das war eine unglaubliche Leistung von Edgar. Zu

Recht hatte er später den Wunsch als Co-Autor genannt zu werden. Hergé bot ihm schriftlich zehn Prozent an, aber Edgar lehnte ab. Es ging ihm nicht ums Geld. Schließlich verließ er die Studios und kreierte ›Blake & Mortimer‹. Es war kein schöner Tag, als er uns verließ. Erst als Jacobs mit seinen anderen Serien zum Star wurde, sagte Hergé: *Er hat mich viel gelehrt. Was für Ansprüche sich selbst gegenüber, was für eine Aufrichtigkeit. Das ist ein Zeichner, der nicht betrügt.*[75] Das war für die Öffentlichkeit. Aber in Wirklichkeit hat er ihm nie verziehen, dass er die Studios verlassen hatte und mit ›Blake & Mortimer‹ große Erfolge feierte.

Hergé rächte sich auf seine Art. In ›Reiseziel Mond‹ machte er aus Edgar einen bekloppten Industriezeichner und in den ›Zigarren des Pharaos‹ hatte eine der Mumien Edgars Gesicht. Hergé hatte stets Angst, dass ein neuer Stern am Himmel aufsteigt: jung, unverbraucht, ehrgeizig und talentiert. Hergé beanspruchte das Rampenlicht für sich alleine. Wissen Sie, es gibt Leute, die am Lebensende noch einen Baum pflanzen, und dann gibt es jene, die alle Bäume in ihrer Umgebung fällen, als würden sie den Hinterbliebenen keinen Schatten mehr gönnen. Hergé wollte alles mit ins Grab nehmen. Sein Egoismus hatte etwas Kindliches, Unreifes.«

Tintin-Lutin und Schellfisch warfen sich einen Blick zu, ihnen war nicht entgangen, dass das Gespräch ausuferte und nicht zum Punkt kam.

»Hergés Leichnam ist verschwunden«, wechselte Tintin-Lutin abrupt das Thema und beobachtete Bob De Moors Reaktion. Er zeigte keine, sondern sagte, dass Germaine ihn angerufen und informiert habe. Er könne sich das nicht erklären.

»Hätte Edgar P. Jacobs[76] keinen Grund gehabt?«, wollte Tintin-Lutin wissen.

»Nein, bestimmt nicht, er wurde ja weltberühmt und ist heute schwerkrank. Er ist ja auch schon zweiundachtzig. Nein, das wäre nicht Edgars Art gewesen. Er war ein Mann mit Stil, eine imposante Erscheinung. Als die Nazis aus Belgien vertrieben wurden und in den Brüsseler Straßen wilde Horden Jagd auf Kollaborateure machten, begab sich Edgar in der schlimmsten Nacht in Hergés Wohnung, um ihn zu schützen. Später sagte mir Jacobs: *Für andere hätte Hergé keinen Finger gerührt. Es war für ihn selbstverständlich, dass alle stets in seiner Schuld sind. Nicht mehr und nicht weniger.*[77] Jacobs war ein Mann mit Straußeneiern, er war die Vorlage für Sie, Kapitän. *Edgar Jacobs ist Schellfisch.*[78] Edgar ging und Schellfisch blieb.«

Er hielt einen Augenblick inne und erhob sich von seinem Schreibtisch. Er nahm einen Comic-Band aus dem Regal und legte ausgesuchte Alben auf den Tisch: »*Der Fall Bienlein*, *Kohle an Bord*, *Tim in Tibet*, *Die Juwelen der Sängerin* und *Flug 714 nach Sydney*. Alle technischen Zeichnungen stammen von Jacques Martin, unserem Breughel im Studio. Er wurde eben pensioniert. Er kommt oft auf einen Kaffee vorbei. In jungen Jahren arbeitete er in der Konstruktionsabteilung der Dornier-Werke in Friedrichshafen. Er war der Fachmann für Flugzeuge und technische Zeichnungen, auch er war mehr als ein Co-Autor, und auch er verließ zwei Jahre nach Edgar frustriert die Studios, weil sich Hergé weigerte seinen Namen in den Alben zu nennen. Jacques schrieb dann sehr erfolgreiche Fortsetzungen seiner Serien ›Alix‹ und ›L. Frank‹. Leider musste er wegen einer schweren Augenkrankheit aufhören. Seine Kinder schreiben und zeichnen heute die neuen Fortsetzungen.

»Dann war die Fake-Seite für das Magazin *L'Illustré* doch kein Scherz«, sagte Tintin-Lutin.

»Rückblickend muss ich sagen: Nein, es war bitterernst. Wir wollten Hergé eine Lektion erteilen. Von da an sagte er in den meisten Interviews, er sei der Vater von Tintin, andere Väter gebe es nicht, und nach ihm würde es deshalb keine neuen Abenteuer mehr geben. ›Tintin, das bin ich‹[79] war sein Credo. Aber wir waren alle Tintin.«

»Und Sie?«, fragte Tintin-Lutin, »Sie sprechen nur über die andern.«

Bob De Moor antwortete nicht sofort: »Ich habe Hergé immer bewundert und mich gerne untergeordnet. In seinem Schatten gab es noch genug Sonne für mich. Ich liebte unsere Figuren, sie waren mein Leben, aber für Greg war das anders. Eigentlich heißt er Michel Louis Albert Regnier, aber er signierte mit ›Greg‹. Im Auftrag von Hergé schrieb er 1960 das Szenario für den Band ›Thermozéro‹, aber als ihm Greg nach acht wunderbaren Seiten sagte, er möchte diesmal als Co-Autor genannt werden, war auch diese Geschichte gestorben. Greg ist heute erst fünfundfünfzig und mit seinen Serien ›Bruno Brazil‹ und ›Comanche‹ groß im Geschäft. Er gehört zu den Stars der Szene und wäre ein würdiger Nachfolger gewesen. Er hätte den Millionen Fans noch wunderbare Abenteuer beschert und eine neue Generation mit zeitgenössischen Abenteuern begeistert.«

»Und Sie?«, platzte der Kapitän heraus, »Sie waren doch auch einer der Co-Autoren?«

»Ich war seine rechte Hand. Ich fertigte technische Zeichnungen an, bis Jacques Martin zu uns stieß. Ich zeichnete die Hintergründe neu, die Landschaften, die Flugzeuge, Schiffe. Ich habe alle Autos neu gezeichnet, sodass man sie einer Marke zuordnen konnte. Hergé nahm es da nicht so genau, er war mehr an den Slapstick-Einlagen interessiert. Ich war auch für die Werbung zuständig, für das Merchandising, für die Produktion der Bleifiguren, für die Modellvorlagen, eigentlich war ich der CEO der *Studios Hergé*, aber mein Ehrgeiz beschränkte sich auf die kreative Arbeit. Ich war nie ein Alphatier, ich suchte nie das Rampenlicht, ich hatte gerne meine Ruhe. Das Zeichenpult war mein Zuhause. Darüber ging mein Ehrgeiz nie hinaus. Aber natürlich, nach Hergés Tod waren wir alle felsenfest überzeugt, dass ich nun Hergés Platz einnehmen würde. Fanny hatte es mir sogar kurz nach der Beerdigung versprochen!«

Bob De Moor hielt inne. Er realisierte, dass ihn die Erinnerung nach wie vor schmerzte, dass der ganze Ärger, der Hader, zurückkam: »Ich erinnere mich, als Fanny nach der Beerdigung die Studios besuchte und mir vor versammelter Mannschaft Hergés Stift in die Hand drückte mit den Worten: *Er gebührt Ihnen.*[80] Als sie dann wenig später ihr Wort brach, bestürmten mich alle, mich zu wehren ›Du bist jetzt der Chef‹, sagten sie, aber ich mochte nicht kämpfen. Natürlich war ich enttäuscht.«

Schellfisch fragte, wer denn ein Motiv haben könnte: »Wer stiehlt einen Leichnam?«

»Keiner seiner Co-Autoren«, sagte Bob De Moor mit Bestimmtheit, »keiner von uns würde jemals ein derartiges Sakrileg begehen, und ich, ich bin zufrieden mit meinem Leben. In meinem Alter zählt nur noch das Wohl der Kinder und der Enkelkinder. Und vergessen Sie nicht, alle Co-Autoren wurden später mit eigenen Comic-Serien erfolgreich. Doch im Gegensatz zu Hergé haben sie frühzeitig Nachfolger benannt, die ihr Lebenswerk weiterführen. Asterix, Alix, Blake & Mortimer, Lucky Luke: All diese berühmten Serien werden heute von neuen Autoren weitergeschrieben, zur Freude der jungen Leser und auch zur Freude der Erben, die Jahr für Jahr Tantiemen erhalten. Das hat Hergé nie interessiert. Nach mir die Sintflut. Wenn er nicht mehr von Tintin profitieren konnte, sollten es andere auch nicht. Er nahm sein Lebenswerk lieber mit ins Grab. Er war ein Egomane, ein Narzisst und in gewisser Weise verschlagen. Er hätte sich zu Lebzeiten nie getraut, uns ins Gesicht zu sagen, dass wir nach seinem Tod alle auf der Straße landen.«

Jemand klopfte zweimal an die Tür und trat ein.

»Stör' ich?«, fragte ein südländisch aussehender Typ mit markanten Augenbrauen.

»Komm rein«, sagte Bob De Moor, »wir haben zwei Gäste. Ich habe dir von dieser merkwürdigen Geschichte erzählt.« Er stellte den Fremden als seinen Freund Jacques Martin[81] vor.

»Der junge Mann ist gerade fünfundsechzig geworden«, lachte Bob De Moor.

»War eine schöne Feier, Bob«, antwortete Jacques und setzte sich neben ihn an den Tisch.

»Wir sprachen gerade von Hergé«, sagte Bob De Moor.

»Wissen Sie«, sagte Jacques, »als Fanny kam, ging Tintin baden. Hergé hatte einfach keine Lust mehr, ihm fehlte die Motivation, aber andererseits wollte er auch nicht, dass all die jungen, erfolgshungrigen Comiczeichner an ihm vorbeiziehen: mit ›seinem Tintin‹. Es muss ihn geärgert haben, dass die Newcomer kreativer und unverbrauchter waren. Jedes Mal, wenn einer eine brillante Idee hatte, gab er sie für seine eigene aus. »Ja, so war es«, pflichtete ihm Bob bei, »Hergé fand das in Ordnung, weil er uns dafür bezahlte. Dem Bernhard Heuvelmans gab er sogar 250 belgische Francs für jeden einzelnen Gag, den er in die Alben einbauen kannte. In einem Jahr kassierte Bernhard über 43 000 Francs[82]. Er hat mir die Postüberweisung gezeigt, da stand drauf »collaboration à un scénario«. Das stand auf der Banküberweisung, aber nicht im Album.«

»Das war einfach nicht in Ordnung«, sagte Jacques, »Benoît Peeters, der wohl unkritischste Biograf von allen, schrieb sogar im Vorwort, dass es *einen Hergé gebe, der nicht immer sympathisch ist.*[83] Und Pierre Assouline, der wohl unbestechlichste Biograf unter ihnen, hat in seinem Werk mehrfach erwähnt, dass Hergé eine sehr ›selektive Wahrnehmung‹ hatte. Die Wahrheit überließ er den Fantasielosen.«

»Und wie!«, pflichtete ihm Jacques Martin bei und imitierte Hergés leise Aristokratenstimme: *»Manchmal sag ich etwas und sofort habe ich Lust, das Gegenteil zu sagen.«* Jacques lachte: »Es war ihm später egal, was die Medien über ihn schrieben, er war unantastbar geworden. Wissen Sie, ich trat 1953 den Studios Hergé bei, ich habe fast 20 Jahre für ihn gezeichnet, und ich kann Ihnen sagen, er war ein Leben lang ein furchtbarer Antisemit, ein Antisemit ohne Reue[84]. Also auch in einer Zeit, als der Holocaust längst jedem Schulkind bekannt war. Hergé war immer Antisemit. Bereits 1925 verkaufte er als 17-Jähriger seine erste antisemitische Illustration[85]. Als Brüssel von deutschen Truppen besetzt war und Hergé auf dem Weg zur Arbeit Juden mit gelbem Stern begegnete und 25 000 belgische Juden nach Auschwitz deportiert wurden, zeichnete er in den warmen Redaktionsräumen von *Le Soir* noch immer seine antisemitischen Cartoons. Sie erschienen auf der gleichen Seite wie die Hetzkommentare seines nazifreundlichen Chefredaktors Raymond De Becker. Noch Jahrzehnte später beklagte er sich über den *Horror der ›Libération‹.*[86]«

»In der Tat«, pflichtete ihm Bob De Moor bei, »hatte Hergé auch später nie ein gutes Wort für den belgischen Widerstand übrig. *Man hat ihn nie sagen hören, dass er die Besetzung Belgiens gehasst habe*[87]. Er zeigte nie Mitgefühl für all die Gefolterten, Verhafteten und Deportierten während der deutschen Besatzung.[88] Als ihn jemand später fragte, welche die schlimmste Zeit seines Lebens gewesen sei, nannte er nicht den Krieg, sondern die Intoleranz gegenüber den Nazi-Kollaborateuren. Er hat stets gesagt, er habe sich für nichts zu entschuldigen[89]. Ich erinnere mich, dass sein Jugendfreund Pierre Ickx, der von der Gestapo gejagt worden war, ihm später vorwarf, auf der anderen Seite gestanden zu haben. Hergé antwortete ihm: *Ich gehörte zu jenen, die ihren Beruf so gewissenhaft wie nur möglich ausführten, und ich verbeugte mich vor allen Kriegsopfern, egal auf welcher Seite sie standen.* Er hat alles relativiert und marginalisiert wie auch alle seine Biografen, mit Ausnahme von Pierre Assouline. Wissen Sie, ich verbrachte zwei Jahre in einem Arbeitslager der Nazis. Als ich Hergé in den Studios von meinen Erlebnissen erzählte, sagte er mir: *Du hast ein schlechtes Gedächtnis, du hast dich beeindrucken lassen, du hast falsch gesehen. Und überhaupt, wie will man wissen, dass es Juden waren?* Seine Biografen behaupten, das seien Jugendsünden gewesen. Wie lange dauert eine Jugend? Und bedeutet Jugendsünde nicht, dass man rückblickend das damalige Tun als Sünde einstuft? Dass man bereut. Hat Hergé je bereut? Sein Umfeld bestand bis zu seinem Tod größtenteils aus Rechtsextremen.«[90]

Bob nickte zustimmend. Eine merkwürdige Stille erfasste den Raum. Niemand meldete sich zu Wort. Eine Sekretärin brachte Kaffee und frische Croissants.

»Dann sind Sie Hergé immer noch böse«, sagte Schellfisch nach einer Weile.

Bob De Moor verneinte: »Wenn Sie glauben, wir hätten ein Motiv, das Grab von Hergé zu schänden, dann liegen Sie falsch. Jacques ist einer der Großen, und der Verlag hier wird von einem Konsortium übernommen, und ich werde bald Direktor der Kunstabteilung. Glauben Sie, einer von uns mache sich zum Narren und grabe eine Leiche aus? Viel wahrscheinlicher ist, dass nie eine Leiche begraben worden ist.«

Tintin-Lutin und Schellfisch waren perplex. Der Kapitän fragte, ob er sich so was vorstellen könne und wo in einem solchen Fall die Leiche sei.

»Wenn Sie jemanden suchen, der ein Motiv haben könnte, dann sehen Sie sich mal in der Szene der Rexisten um. Die trafen sich in den 40er-Jahren auf dem Château de Grünne.«

»Hat nicht auch Germaine Kieckens dieses Schloss erwähnt?«, fragte Schellfisch Tintin-Lutin.

»Dort sollen die belgischen Faschisten bis Kriegsende ihre Versammlungen abgehalten und sich später versteckt haben«, fuhr Bob De Moor fort. Auch Hergé habe sich dort versteckt, als man ihn der Kollaboration mit den Nazis beschuldigte.Bob De Moor und Jacques Martin begleiteten die beiden Freunde zur Tür. An der Wand hing ein Foto, das ihre Aufmerksamkeit weckte.

»Wenn Sie Hergé verstehen wollen, müssen Sie sich dieses Foto[91] aus dem Jahre 1969 genau anschauen«, sagte Bob.

Es war in den *Studios Hergé* aufgenommen worden. Der ganze Raum war mit Comic-Abzügen tapeziert, Boden und Wände: alles voller Comic-Blätter. Vorne saß Hergé im Schneidersitz vor der Kamera: unaufgeregt, der unangefochtene Star, und ganz hinten im Bild, an der Wand, in gehörigem Abstand zum Meister, waren acht Mitarbeiterinnen und Mitarbeiter des Studios eng zusammengepfercht. Jacques Martin grinste: »Also, bei mir hängen keine solche Erinnerungen. Das ist typisch Bob. Er ist auch der einzige, der es so lange mit Hergé ausgehalten hat.«

Bob sagte, es sei trotz allem für ihn eine schöne Zeit gewesen: »Fahren Sie nach Wezembeek-Oppem. Vielleicht finden Sie in den Gewölben von Schloss Grünne die Antwort.«

21

Melissa und Filou

»James!«, rief Schellfisch, als sie die Eingangshalle von Schloss Cheverny betraten, »wir fahren nach Wezembeek-Oppem, bereiten Sie unsere Abreise vor.«

Tintin-Lutin fragte den Kapitän, wieso Filou sie nicht begrüße, das sei doch sehr ungewöhnlich. Schellfisch zuckte die Schultern und rief erneut nach James. Plötzlich hörte man ein lautes Gepolter und James purzelte die Treppe runter. Er stöhnte, sie hätten ihn erschreckt, er sei übermüdet und seine Kräfte ließen nach, das Alter eben. Sie halfen ihm hoch, und Tintin-Lutin erkundigte sich erneut nach Filou. James schnappte nach Luft und zeigte zur Küche.

Filou lag auf einem Kissen in einem Körbchen, neben ihm kniete Melissa, sie betupfte seine Schnauze mit einem feuchten Tuch. Als Tintin-Lutin eintrat, hob Filou ein Augenlid und schloss es gleich wieder. Er wedelte schwach mit dem Schwanz. Der einst so temperamentvolle Foxterrier schien über Nacht ergraut.

»Ich kann Filou nicht alleine lassen«, sagte Tintin-Lutin besorgt, »ich muss hier bleiben.«

Der Kapitän erklärte ihm, dass dies nicht möglich sei. Es gehe auch um das Überleben von Filou. Melissa würde hierbleiben und zu ihm Sorge tragen. Er schaute sie fragend an. Sie nickte und versprach, dass sie sich um Filou kümmern würde.

»Geht nur«, sagte James, »wir bleiben hier.«

22

Unterwegs zu Schloss Grünne

Der Kapitän und Tintin-Lutin verließen Brüssel und fuhren in den Norden, Richtung Wezembeek-Oppem. Auf dem Rücksitz saß der Professor. Unterwegs fragte Tintin-Lutin den Kapitän, ob er manchmal auch den Eindruck habe, dass er gar nicht sei. Schellfisch warf ihm einen irritierten Blick zu: »Wie meinen Sie das, *dass wir nicht sind*? Was sind wir dann? Natürlich sind wir! Wir sitzen hier in diesem Auto und fahren zum belgischen Adlerhorst, zum ehemaligen Führerhauptquartier der Rexisten.«

»Sie verstehen mich falsch«, schüttelte Tintin-Lutin den Kopf, »ich frage mich, ob wir real sind.«

»Tintin-Lutin, haben Sie gekifft?«

»Nein. Ich frage Sie ernsthaft: Sind wir? Oder sind wir nur der Gedanke eines anderen Menschen?«

»Natürlich sind wir, verdammt nochmals!«

Er riss das Steuer kurz herum, das Auto schlingerte, dann fuhr er wieder korrekt geradeaus: »Sehen Sie, ich bin der Kapitän, ich sitze am Steuer und es gibt da draußen niemanden, der sich ausdenkt, dass ich am Steuer eines Jaguar XJ12, Baujahr 1981, sitze.«

Tintin-Lutin sagte kleinlaut, dass man auch in Träumen überzeugt sei, dass alles, was man erlebe, real sei. Und doch sei es bloß ein Traum.«

Das dreigeschossige Schloss lag auf einem gepflegten Anwesen. Die rötliche Backsteinfassade war auf der linken Seite von dichtem Efeu überwuchert. Ein schmaler Weg, gerade breit genug für Schellfischs Limousine, führte hinter das Schloss zu einem Kiesplatz, der kreisförmig um einen Springbrunnen mit zahlreichen aufrechtstehenden Bronzefiguren angelegt war. Ein mannshohes Krokodil spielte Kontrabass, eine Schildkröte Gitarre, ein Frosch Akkordeon, ein Krokodil Schlagzeug und ein Nilpferd Saxophon. Aus ihren offenen Mäulern schossen Wasserfontänen. Als der Wagen vorfuhr, öffnete sich die Eingangstüre. Eine ältere Frau trat heraus: Elisabeth de Grünne.

»Ich weiß nicht, ob ich Ihnen helfen kann«, sagte sie, als sie den düsteren Flur zum Salon durchquerten, »mein Vater Xavier de Grünne und sein Bruder Eugène waren vor dem Krieg Gastgeber der Rexisten. In diesem Haus traf sich die Führungselite der belgischen Faschisten. Auch Georges Remi, der sich später Hergé nannte, gehörte dazu. Doch mein Vater wechselte bereits während des Krieges die Seiten und schloss sich der ›Phalange‹ an, den belgischen Widerstandskämpfern. Er wurde von den Nazis 1944 deportiert und in Polen ermordet. Er war gerade fünfzig geworden, ich war damals ein kleines Mädchen von gut fünf Jahren, ich kann mich kaum an ihn erinnern.«

Als die Gäste den großzügigen Salon betraten, sagte Elisabeth, sie sei Jahrgang 38 und sie sollten doch bitte Platz nehmen. Einige Sonnenstrahlen fielen durch die hohen Fenster und warfen staubige Lichtkegel auf den schwarzen Schieferboden. Entlang der tapezierten Wände standen hohe Glasvitrinen mit ausgestellten Waffen und Kleidungsstücken aus afrikanischen Kulturen. »Alles, was Sie hier sehen, stammt aus dem Kongo.«

Sie erzählte, dass ihr Vater damals als Offizier im Kongo stationiert war.

»Er war am Völkermord beteiligt?«, fragte Schellfisch gereizt.

»Nein«, antwortete Elisabeth, 1908 habe Leopold II. auf Druck der Weltgemeinschaft den Freistaat an den belgischen Staat abtreten müssen, »als mein Vater dort den Dienst antrat, waren die Kongogräuel beendet, König Leopold II. enteignet, die Kolonie hieß bereits Belgisch-Kongo. Mein Vater musste sicherstellen, dass der Kautschukhandel nicht zum Erliegen kam. Alle Welt baute Autos und brauchte Kautschuk für die Reifenproduktion.«

Zwischen zwei Fenstern stand ein Galeriepodest mit einer Glasvitrine. Darin hockte eine Mumie. Elisabeth sagte, das sei Rascar Capac. Hergé sei von dieser Mumie fasziniert gewesen, aber er selbst hätte sich nie in den Kongo getraut, er sei ein ängstlicher Mensch gewesen. Sie führte die Gäste ins Untergeschoss. Hier standen die Server von Hergé. Sie sagte, ein Dutzend Polinnen hätten damals sein gesamtes Privatarchiv eingescannt und archiviert.

»Ihr könnt frei darüber verfügen, ich bin Hergé zu nichts verpflichtet. Nehmt euch die Zeit, die ihr braucht, ihr seid so lange meine Gäste. Ich bin froh, wenn ich ab und zu Gesellschaft habe. Mögt ihr Stoofvlees mit Pommes frites und Chicorée-Salat? Um neunzehn Uhr servieren wir das Diner im Speisesaal.« Sie blieb noch eine Weile im Serverraum und schaute dem Professor zu, wie er den Hauptcomputer anwarf, während Schellfisch und Tintin-Lutin die eingerahmten Fotografien an der Wand betrachteten. Es waren schockierende Bilder, die einem den Glauben an das Gute im Menschen nehmen konnten. Die Schwarz-Weiß-Fotografien waren beschriftet und zeigten Kongolesen auf den Kautschukplantagen von König Leopold II. Ein Afrikaner peitschte mit der Chicotte einen Kongolesen aus, der offenbar sein Tagessoll nicht erfüllt hatte.

Auf einem anderen Bild stand eine Gruppe junger Kongolesen, man hatte allen zur Strafe die linke Hand abgehackt. Auf einem weiteren Bild weinte ein Zwangsarbeiter vor den amputierten Gliedmaßen seiner Tochter.

»Wieso hängen Sie das nicht ab?«, fragte Tintin-Lutin.

»Mein Vater wollte es so, nachdem er mit den Rexisten gebrochen und sich der ›Phalange‹ angeschlossen hatte. Mein Vater war ein Gentleman, er hätte Hergé nie vor die Tür gesetzt, aber es war sein Anwesen, und er wollte, dass Hergé diese Bilder sieht, sollte er jemals wieder hier auftauchen.«

»Und? Hat er sie gesehen?«, fragte Tintin-Lutin. Er ahnte bereits die Antwort.

»Er kannte die Bilder bereits aus der Redaktion von *Le Vingtième Siècle*. Die Bilder gingen damals um die Welt. Die ganze Welt sprach davon, die New York Times berichtete seitenlang. Mark Twain verfasste 1905 die Streitschrift ›König Leopolds Selbstgespräch‹[92] mit Zeugenaussagen, Missionarsberichten, Statistiken und Zeitungsmeldungen und forderte einen internationalen Gerichtshof, der Leopold zum Tode durch Hängen verurteilen sollte. Und Hergé soll das alles nicht gewusst haben? Welch eine Verlogenheit! Er saß ja direkt an der Quelle. Wissen Sie, einige Leute haben ihn seinerzeit wegen seiner rassistischen Darstellungen verurteilt, aber was er getan hat, ist viel schlimmer: Er hat diesen unglaublichen Völkermord durch Verschweigen gutgeheißen – wie später auch den Holocaust. Und zum Kongo fielen ihm nur gerade ein paar rassistische Slapstick-Einlagen ein. Hergé hätte auch *Nein* sagen können wie René Magritte[93] und andere Künstler. Sie wandte sich an Tintin-Lutin: »Als Hergé Sie in den Kongo schickte, lag der Völkermord lediglich zweiundzwanzig Jahre zurück. Kann da die Erinnerung bereits verblasst sein? Wir erinnern uns noch heute an den Holocaust der Nazis, und der liegt bereits über vierzig Jahre zurück und ist in den Medien immer noch omnipräsent. Täglich laufen auf irgendwelchen Kanälen Dokumentarfilme über die Nazi-Zeit. Also soll mir niemand erzählen, dass Hergé die Kongogräuel nicht bekannt waren.«

Sie machte eine abschätzige Bewegung, als ärgere sie sich darüber, sich derart aufgeregt zu haben. Sie zeigte auf eine Klingel an der Wand: »Wenn Sie etwas brauchen, klingeln Sie. Mein Hausmädchen Paula wird sich um Sie kümmern und Ihnen Ihre Zimmer zeigen.«

In der Zwischenzeit hatte der Professor das System gestartet und eine Verbindung hergestellt. Nachdem Elisabeth de Grünne den Raum verlassen hatte, sagte er, er würde nun Hergé anrufen.

»Ist er jetzt völlig übergeschnappt?«, brummte Schellfisch und drehte sich nach Tintin-Lutin um. Die beiden zuckten ratlos die Schultern.

»Meine Herren, wie wäre es, wenn Sie mich nun in Ruhe arbeiten ließen? Genießen Sie draußen das herrliche Wetter in diesem wunderbaren Schlossgarten. Ich werde Sie rufen, wenn ich *Pythia* installiert habe.«

23

Old Glen Douglas

Der Kapitän lag bäuchlings auf dem dicken Überzug eines Himmelbettes, das dem Stil von Louis VI. nachempfunden war. Er wälzte sich unruhig hin und her, zuckte plötzlich zusammen, drehte sich um die eigene Achse und stand auf. Für einen Augenblick schien er Gleichgewicht und Orientierung verloren zu haben. Er stolperte zum Fenster, riss die Vorhänge auseinander und schaute auf den Hinterhof hinunter. Dort saßen bereits Tintin-Lutin und der Professor beim Frühstück und unterhielten sich angeregt. Schellfisch ging ins Badezimmer und strich sich nachdenklich über den Bart, schnitt eine Grimasse, um seine Zähne zu sehen. Sie hatten sich dunkel verfärbt. Oder lag es am Licht oder eher am Spiegel? Er schob die Augenlider rauf und runter. Ihm schien, dass sich die Schwerkraft immer stärker bemerkbar machte, dass Altersflecken seine Handrücken bedeckten und dass die grünen Augen ihren Glanz verlören, als würden sie allmählich vergilben. Er griff zu seinem klobigen Motorola und rief James an: »Bringen Sie mir einen Karton *Old Glen Douglas*, das ist ein Notfall, James.« Er wurde offenbar unterbrochen und hörte eine Weile zu, dann brüllte er in den Hörer, es sei ihm scheißegal, was er auf CNN gesehen habe, aber er werde sich auf seine alten Tage keinen schottischen Whisky abgewöhnen: »Einen Karton *Old Glen Douglas*! Das ist ein Befehl! Oder ich bringe Sie vors Kriegsgericht!«

Schellfisch stutzte. Wieso zum Teufel *ein Kriegsgericht*? Ein Zeichen beginnender Altersdemenz? Als er bemerkte, dass Tintin-Lutin zu ihm raufschaute, schloss er erneut die Vorhänge und legte sich wieder aufs Bett. Das Telefon klingelte. James. Er sagte, Filou gehe es gar nicht gut. Schellfisch wies ihn an, einen Tierarzt zu rufen.

»Und der *Old Glen Douglas*?«

»Vergessen Sie es!«, erwiderte Schellfisch.

24

Hergé spricht

Sie hatten sich alle im Untergeschoss versammelt und warteten gebannt auf die Demonstration des Professors.

»Meine Herren«, begann der Professor, »in meinem Labor hat die Zukunft bereits begonnen. Dank meiner Pythia-Software ist es uns möglich, weltweit auf alle Datenbanken der großen Verlagshäuser zuzugreifen. Wir haben auch Zugriff auf das digitalisierte Privatarchiv von Hergé. Wir haben Zugriff auf alles, was Hergé jemals gesagt oder was jemals über ihn geschrieben worden ist. Dank der von mir entwickelten künstlichen Intelligenz ist es möglich, dem System Fragen zu stellen. Es wird schneller antworten, als ein Mensch dies jemals tun könnte, und es wird verlässlicher antworten, umfassender, fundierter. Und vor allem: Es wird lernen!

Meine zweite Erfindung betrifft die Visualisierung des Gesprächspartners. Ich nenne es die Pythiasoft-Hololens-Telefonie. Wir erzeugen ein Hologramm der angerufenen Person und sehen diese in voller Lebensgröße vor uns.«

»Professor! Sie wollen mit einem Toten sprechen?« Schellfisch war skeptisch.

»Pythiasoft ist es egal, ob die Person lebt oder tot ist.«

Der Professor gab auf der Tastatur eine Codezeile ein. Auf der feuerfesten Stahlplatte vor dem Kamin funkelten bläuliche Pixel, fügten sich zusammen, und man erkannte die Umrisse von Schuhen, von Schienbeinen, von Oberschenkeln, von Hüften, Oberkörpern, bis man schließlich das Hologramm einer Pixelfigur vor sich stehen hatte, die Hergé wie aus dem Gesicht geschnitten war.

Mit ungläubigem Staunen starrten Tintin-Lutin und Schellfisch auf das Hergé-Hologramm. Nun begann sich der 3D-Hergé zu bewegen. Es schien, als würde er atmen. Der Professor sagte, sie seien nun mit allen weltweit verfügbaren Daten verbunden.

»Wie ist Ihr Name?«, fragte der Professor laut und deutlich. Hergés 3D-Hologramm schwieg. Nach einer Weile bewegten sich die Lippen, und er antwortete: »Mein Name ist Georges Prosper Remi.«

»Wann sind Sie geboren?«

»Ich bin am 22. Mai 1907 in Etterbeek bei Brüssel geboren.«

»Wann sind Sie gestorben?«

»Ich bin am 3. März 1983 in Woluwe-Saint-Lambert bei Brüssel gestorben.«

Der Professor strahlte über das ganze Gesicht und schaute stolz in die Runde.

»Wieso nennen Sie sich Hergé?«

»Der Name setzt sich zusammen aus dem ersten Buchstaben des Nachnamens Remi und dem ersten Buchstaben des Vornamens Georges. Französisch ausgesprochen ergibt RG: Hergé.«

»Seit wann benützen Sie dieses Pseudonym?«

»Seit meinem 17. Altersjahr.«

Tintin-Lutin war nicht beeindruckt: »Mit Verlaub, Professor, aber das hätte ich auch noch herausgefunden.«

»Natürlich«, pflichtete ihm der Professor bei, »ich bitte um Geduld, wir haben erst begonnen. Wenn wir nun Big Data mit künstlicher Intelligenz füttern, wird Ihnen Pythia auch Fragen beantworten, die man Hergé zu Lebzeiten nie gestellt hat.«

»Sie glauben tatsächlich, dass das funktioniert?«, fragte Schellfisch.

»Und ob!«, rief der Professor voller Begeisterung, »falls Rexisten ihn entführt haben, wird Pythia eine plausible Kette von Hinweisen zusammenstellen und daraus die richtige Schlussfolgerung ziehen.«

»Sie glauben, belgische Faschisten hätten die Leiche gestohlen?«, fragte Tintin-Lutin.

»Ich glaube nicht, Tintin-Lutin, ich bin Wissenschaftler. Lassen Sie uns fortfahren.«

Der Professor wandte sich wieder an Hergés 3D-Hologramm: »Erzählen Sie uns etwas über Ihre Eltern.«

Hergé antwortete umgehend: »Meine Großmutter ist Dienstmagd auf dem Château einer Gräfin. Sie wird schwanger. Sie bringt Zwillinge zur Welt. Mein Vater und mein Onkel sind uneheliche Zwillinge. Meine Mutter verbringt ihr Lebensende in einer psychiatrischen Anstalt.«

Tintin-Lutin fragte leise, ob sie nicht bedeutendere Fragen stellen sollten. Der Professor entgegnete, man müsse zuerst einfache Fragen stellen, um zu prüfen, ob Pythiasoft die Wahrheit sage. Das sei ähnlich wie bei Befragungen mit einem Lügendetektor: »Zuerst stellt man Fragen, deren Antworten man mit hundertprozentiger Sicherheit als richtig oder falsch einordnen kann. Erst dann folgen die schwierigen Fragen. Aber zuerst brauchen wir Sicherheit, Vertrauen.«

Der Professor stellte noch eine Menge Fragen über Hergés Kindheit und Jugend.

»*Ich wuchs in einem mittelmäßigen, in einem durchschnittlichen Milieu auf, mit mittelmäßigen Ereignissen und mittelmäßigen Gedanken. Meine Jugend war grau, meine Kindheit, meine*

Jugendzeit, die Pfadfinderei, der Militärdienst, alles grau, ich war nie heiter, lebensfroh, nie traurig, eher freudlos. Ich war nicht unglücklich zu Hause, weit davon entfernt, im Gegenteil, meine Eltern waren sehr gut zu mir und schenkten mir viel Zuneigung, aber es gab nie einen Funken; meiner Jugend, ich trauer ihr nicht nach.«[94]

Der Professor bohrte mit seinen Fragen tiefer in Hergés Vergangenheit, stellte immer detailliertere Fragen. Hergé erzählte, dass er in einem strenggläubigen katholischen Umfeld aufgewachsen sei und dass das verbindende Element die gemeinsam praktizierte Intoleranz gegenüber allen Andersgläubigen gewesen sei. Der Hass auf Juden, der Hass auf Ausländer, der Hass auf die ungläubigen Bolschewiken. Hergé sagte, in jener Zeit sei alles von den Eltern entschieden worden, und die wiederum gehorchten ihren Arbeitgebern. Es sei der katholische Chef seines Vaters gewesen, der bestimmt habe, dass er die katholische Schule *Saint-Boniface* besuchen müsse: »Der Unterricht begann mit einer Frühmesse, die Lehrkräfte waren Priester, meine Freizeit verbrachte ich bei den katholischen Pfadfindern[95], meine erste Arbeitsstelle hatte ich bei der erzkatholischen Tageszeitung *Le Vingtième Siècle.*«

Tintin-Lutin hatte ungeduldig darauf gewartet, dass Hergé seine Ausführungen beendete: »Bin ich ein Nazi?«, fragte Tintin-Lutin mit bebender Stimme. Der Professor wollte ihn zurechtweisen, aber Hergé beantwortete bereits die Frage: »Wir haben zwei Jugendliche unter Vertrag. Bei öffentlichen Veranstaltungen verkörpern sie Tintin-Lutin. Der eine schließt sich dem wallonischen SS-Bataillon an und stirbt. Der andere kämpft in einer englischen Uniform und stirbt.[96] Eins addiert mit eins ergibt zwei. Beide sterben.«

»Er versteht meine Frage nicht«, sagte Tintin-Lutin leise.

»Lassen Sie ihm Zeit«, flüsterte der Professor, »manchmal assoziiert er falsch, aber er lernt und wird besser. Aber Sie merken jeweils, ob er zitiert oder selbständig formuliert.«

Es war erstaunlich, dass das Hologramm das, was es sagen wollte, auch mit einer entsprechenden Mimik visualisieren konnte. Hergé lächelte, und man wusste nicht so genau, ob er aus Freundlichkeit lächelte oder aus Überheblichkeit, ob er eine heitere Miene aufsetzte, weil er wusste, dass man ihm nichts anhaben konnte und er immer Hergé sein würde: *»Tintin-Lutin, das bin ich, wenn ich ein Held sein möchte. Die Pinkertons, das bin ich, wenn ich unbeholfen bin. Schellfisch, das bin ich, wenn ich mir Luft verschaffen muss.«*[97]

»War Tintin-Lutin wichtig in Ihrem Leben?«

»Das war er. Er ist es nicht mehr. Weil ich erwachsener geworden bin. Weil ich meine Probleme gelöst habe. Weil ich mich akzeptiert habe. Ich muss nicht mehr zum Helden ausgerufen werden.«[98]

Die Antwort traf Tintin-Lutin wie ein Messerstich. Schellfisch bemerkte es und fragte Hergé vorwurfsvoll, ob er denn nie ein schlechtes Gewissen gehabt habe.

»Ein schlechtes Gewissen? Nein, überhaupt nicht.«[99]

»Wer hat Ihre Leiche gestohlen?«, platzte Tintin-Lutin heraus.

»Waren es Ihre Freunde, die Rexisten?«, hakte der Professor nach.

»Rexisten stehlen keine Leichen. Sie produzieren welche.«, antwortete der 3D-Hergé.

»Was fällt Ihnen zu Argentinien ein?«, fragte Tintin-Lutin.

»Argentinien ist ein südamerikanischer Staat. Gletschersee. Anden. Pampas. Rinder. Steak. Das Land ist für Tangotanz und -musik bekannt. Die Hauptstadt heißt Buenos Aires. Sehenswert ist die Plaza de Mayo, die Casa Rosada …«

»Wie ist Ihre Beziehung zu Argentinien?«, hakte Schellfisch nach.

»Nach dem Krieg sind Brasilien und Argentinien die Zufluchtsorte der Nazis. Klaus Barbie, der Schlächter von Lyon, flieht nach Bolivien; Adolf Eichmann, der Organisator der systematischen Judenvernichtung, flieht nach Argentinien; Josef Mengele, der Lagerarzt von Auschwitz, der medizinische Experimente an den Inhaftierten durchführte, flieht nach Brasilien, sie folgen alle den Rattenlinien ...«

»Rattenlinien?«, fragte Tintin-Lutin.

»Man nennt sie auch Klosterrouten, weil kein Weg am Vatikan vorbeiführte. Pius XII. und sein engster Vertrauter, Giovanni Montini, der spätere Papst Paul VI., haben Alois Hudal, den damaligen Titularbischof von Aela, mit weitreichenden Kompetenzen ausgestattet, damit er Nazis aus ganz Europa mit gefälschten Reisedokumenten ausstatten und vor der Justiz der Sieger nach Südamerika in Sicherheit bringen kann. Jeder gute Katholik ist ein Nazi im Herzen, weil Hitler die gottlosen Bolschewiken bekämpft hat.«

»Wieso folgten Sie nicht der Rattenlinie?«, fragte Tintin-Lutin.

»Ich wollte. Im Januar 48 habe ich den argentinischen Konsul schriftlich[100] um eine Audienz gebeten. Ich habe auch dem argentinischen Presse-Attaché James Orsi[101] geschrieben. Im April hatte ich das benötigte Arbeitszeugnis[102] von meinem Verleger Casterman. Ich musste ihm meinen Fluchtplan verraten. Meine Frau und meine Schwiegermutter wollten mich nach Buenos Aires begleiten. Ich würde weiterhin Comic-Geschichten liefern. Ich schrieb an Walt Disney. Ich sandte ihm sieben der dreizehn Alben. Seine Sekretärin schrieb mir zurück. Nach einem halben Jahr. Walt Disney war auf Jahre hinaus ausgelastet mit bereits eingekauften Lizenzen. Meine Alben sandten sie mir zurück. Nur ein Album hatte Eselsohren.«

»Wir möchten wissen, wieso Sie in Brüssel geblieben sind«, präzisierte Schellfisch.

»*Ich habe soeben einen schönen Reisebericht über eine Überfahrt nach Südamerika gelesen, und ich habe Lust, mich in eine Frachtmaschine zu werfen, Richtung Argentinien. Adios, amigo mio, y hasta la vista! Muy bien? Das ist noch nicht meisterlich, aber der Kursbeginn in der Berlitz-Schule. Und ich werde bestimmt Fortschritte machen. Ich hoffe, dass wir uns der Zeit nähern, wenn ich dieses arme, alte, schwankende Europa für immer verlassen kann.*«[103]

»Wieso sind Sie nicht ausgewandert?«, wiederholte Schellfisch.

»Es ist kompliziert. Wir reisen in die Schweiz. Ich beginne eine Affäre mit Rosane. Sie ist die Tochter von Germaines Freundin. Germaine leidet. Germaine geht alleine nach Brüssel zurück. Ich liebe sie. Ich schreibe ihr Liebesbriefe. Ich will sie nicht verlieren. Sie ist meine Ehefrau, meine ›maîtresse‹, meine ›maman‹, mein bester Freund. Ich bleibe am Genfersee. Ich schreibe Germaine, dass ich mich verliebt habe. Ich verliere den Plot. Ich verfalle in Depressionen. Ich kann nicht mehr schreiben. Germaine fehlt mir. Ich verliere das Gleichgewicht. Mir fällt nichts mehr ein. Ich sitze den ganzen Tag am See. Ich tue gar nichts. Der Verlag will andere Autoren beiziehen. Ich bin unter Druck. Ich bin am Ende. Ich weiß weder ein noch aus. Ich bezahle fremde Autoren. Ich kaufe ihre Ideen. Ich bezahle. Es sind nun meine Ideen.«

»Wie hat Germaine darauf reagiert?«, fragte Schellfisch.

»Sie schreibt mir: *Wenn du wegen mir nicht mehr zurückkehrst, kehre wenigstens wegen Tintin-Lutin zurück.*«[104]

»Reden wir endlich über Wolfgang Beltracchi«, unterbrach ihn Tintin-Lutin ungeduldig, »was wissen Sie über Wolfgang Beltracchi?«

»Wolfgang Beltracchi fälscht Kunstgemälde.«

»Was kann man mit einer gestohlenen Leiche anfangen?«

»Anatom Gunther von Hagens plastiniert Leichen. Er ist der Erfinder der Plastination.«

»Hat *er* Ihre Leiche gestohlen?«

»Anatom Gunther von Hagens kauft die Leichen in China. Er stiehlt keine Leichen. Menschen vererben ihm ihren Leichnam.«

»Haben Sie Ihre Leiche Gunther von Hagens vermacht?«

»Nein. Ich will leben. Ich will auferstehen. Ich will unsterblich sein. Meine Helden sind unsterblich. Ich will es auch sein. Léon José de Ramirez Reina ist unsterblich.«

»Wer ist dieser Kerl? Kann er uns weiterhelfen?«

»Léon José de Ramirez Reina wohnt in Málaga.«

25

Flug 715 nach Málaga

»Haben Sie das nicht etwas größer?«, fragte der Kapitän, als ihm die Stewardess eine 35-cl-Rotweinflasche und einen Plastikbecher reichte. Sie verneinte höflich und sagte, sie würde ihm gerne noch einen Gamay bringen. Schellfisch hielt das für eine ausgezeichnete Idee und schenkte sich ein.

»Wir haben Sie vermisst letzte Nacht«, sagte Tintin-Lutin, »ich dachte, Sie gönnen Ihrer Leber heute einen Ruhetag.«

»Ich war einfach müde«, rechtfertigte sich Schellfisch, »es mag Sie erstaunen, aber ich machte mir Sorgen um Filou. Dieser Scheißköter ist mir ganz schön ans Herz gewachsen. Aber James sagte mir, der Arzt sei dagewesen, sein Zustand sei stabil. Sie sollten sich auch was gönnen, das Leben ist kürzer als man glaubt.« Er trank den Becher leer und lehnte sich zurück. Nach einer Weile schenkte er nach und fragte Tintin-Lutin, ob der Professor letzte Nacht noch herausgefunden habe, wieso Hergé nicht mehr über diesen Léon José de Ramirez Reina hatte berichten wollen. Tintin-Lutin riss eine kleine Tüte auf und knabberte salzige Erdnüsse: »Léon José de Ramirez Reina ist Léon Degrelle. Hergé hat uns seine Wohnadresse mitgeteilt.«

Der Kapitän spuckte den Wein, den er gerade im Mund hatte, an die Rücklehne des vorderen Sitzes. Tintin-Lutin klopfte ihm sanft auf den Rücken. Schellfisch hustete und fragte, wieso Degrelle einen spanischen Namen trage.

»Das haben wir Hergé auch gefragt. Er sagte, nach dem Zusammenbruch des Dritten Reichs im Mai 1945 seien die Rexisten in Panik geraten und über dreißigtausend belgische Nazis seien über Oslo nach Südamerika geflüchtet. Degrelle habe wegen Spritmangels an der spanischen Küste von San Sebastian notlanden müssen. Da er immer noch seine SS-Uniform trug und als »Hitler Belgiens« europaweit berühmt war, wurde er gleich erkannt und genoss im faschistischen Spanien der Ära Franco Schutz vor Verfolgung. Auf Druck der Siegermächte wurde er dann pro forma 1946 von Spanien des Landes verwiesen, doch gleichzeitig erhielt er vom Madrider Bürgermeister Graf von Mayalde falsche Papiere, Geld und einen neuen Namen.«[105] In Belgien wurde er in Abwesenheit zum Tod verurteilt. Jahrelang stritten Belgien und Spanien über eine Auslieferung von Degrelle, Otto Skorzeny und Pierre Laval[106]. Nur Laval wurde ausgeliefert und in Belgien hingerichtet, Skorzeny[107] stieg bei der CIA ein, und Degrelle verdiente an der Costa del Sol mit einer Kette von Waschsalons und Immobiliengeschäften ein Vermögen.«

Schellfisch tauschte seine leere Flasche gegen die neue aus, die ihm die Stewardess reichte: »Sie blieben ein Leben lang in Kontakt?«, fragte Schellfisch.

»Genau das wollen wir heute Degrelle fragen.«

26

Léon Degrelle

Die Maschine der *Brussel Airlines* landete nach drei Stunden Flug gegen zehn Uhr mittags auf dem *Aeropuerto de Málaga-Costa del Sol*. Die Stadt wurde nach Kriegsende zu einem Auffangbecken für Neonazis. Heute war die geschichtsträchtige Hafenstadt an der südspanischen Sonnenküste wegen ihrer gelben Sandstrände eine beliebte Touristendestination. Sie gehörte einst zu Hannibals Imperium und später den Mauren, als arabische Ärzte, Mathematiker und Astronomen noch die Elite der Wissenschaften verkörperten, bis schließlich die Wahhabiten die Moslems in die Steinzeit zurückprügelten und nur noch Beten und Fasten angesagt war.

Tintin-Lutin und der Kapitän nahmen eins der Taxis mit dem blauen Diagonalstreifen an der Vordertür und fuhren stadteinwärts. Während in Belgien ein nasser und grauer Herbst angebrochen war, genoss man hier noch angenehme Temperaturen. Der Fahrer erklärte in gebrochenem Englisch, dass sie unbedingt die Renaissance-Kathedrale der Stadt besichtigen müssten, die Einheimischen würden sie La Manquita (die Einarmige) nennen, da ihr zweiter Turm nie fertiggestellt worden war. »Mañana, mañana«, lachte er, »das sei eben Spanien.« Das Taxi hielt vor dem Gran Hotel Miramar. Sie ließen sich das Gepäck auf die Zimmer bringen und spazierten wenig später die Uferpromenade Paseo Marítimo Pablo Ruiz Picasso entlang bis zu den Wolkenkratzern mit den luxuriösen Eigentumswohnungen. Die Balkone boten direkte Meersicht und in einer dieser Wohnungen wohnte der »Hitler Belgiens«. Sie blieben vor dem Klingelpult stehen. Ein Schild war mit *Léon Degrelle* beschriftet. Tintin-Lutin meinte, der sei aber gar nicht schüchtern, dass er hier seinen richtigen Namen anbrachte. Schellfisch fragte mürrisch, ob sie nun tatsächlich diesen gottverdammten Nazi besuchen würden.

»Ja«, sagte Tintin-Lutin, sie müssten wohl. Vielleicht könne er ihnen weiterhelfen. Wenn man Hergé verstehen wolle, müsse man in diese braune Sauce hinuntersteigen.

Ein gutgelaunter älterer Herr begrüßte Tintin-Lutin und Schellfisch.[108] Für seine achtzig Jahre war Léon Degrelle erstaunlich gut zu Fuß. Er bewegte sich elegant, das Kinn in Mussolini-Pose gebieterisch angehoben, und wies wie ein stolzer Patriarch den Weg ins Wohnzimmer. Er trug eine weiße Leinenhose, ein rotes Gilet über dem blütenweißen Hemd. Er unterschied sich kaum von all den gutsituierten Rentnern, die hier im sonnigen Málaga ihre Pension genossen. Er bat die Gäste, in den Polstersesseln Platz zu nehmen, und setzte sich selbst auf das Dreiersofa gegenüber. Hinter ihm hing ein überdimensionales Bild, das den leidenden Jesus mit Heiligenschein zeigte. Links und rechts davon bedeckten zwei große quadratische Fahnen die Wand. Die eine zeigte ein rotes Schrägkreuz, eine stilisierte Version des Burgunderkreuzes, auf schwarzem Hintergrund: die zweite Fahne der belgischen Faschisten, die jeweils schwarze Uniformen und dunkelrote Parteiabzeichen trugen. Das andere Banner war die Standarte der »SS-Sturmbrigade Wallonien« mit dem charakteristischen gepanzerten Arm, der ein Schwert umfasst. In goldenen Buchstaben war der Name der belgischen Einheit gestickt, die Seite an Seite mit den Nazis gekämpft hatte.

»Sie bewundern meine Sammlung? Erinnerungsstücke.«

Degrelle kreuzte vergnügt die Beine übereinander und streckte den einen Arm über der Sofalehne aus, als wolle er gleich alle drei Sitze für sich beanspruchen. Er erklärte freimütig die Symbolik auf den Fahnen und sagte, für einen 80-Jährigen erhalte er noch verdammt viel Besuch. Alain Delon, Jean-Marie Le Pen – alle wollten seine Ratschläge hören. Vor einigen Monaten[109] sei Stephane Steemann[110] hier gewesen: »Tintinologen nennen ihn den *Fan Numéro Un*. Er hat die weltweit größte Sammlung an Tintin-Merchandising. Kein Wunder, er wohnt ja in der Nachbarschaft von Hergé. Und wissen Sie, wieso er hier war?«

Tintin-Lutin und Schellfisch war es sichtlich unangenehm, im Adlerhorst eines offenbar unbelehrbaren Alt-Nazis zu sitzen, aber sie hatten Fragen, die vielleicht nur Degrelle beantworten konnte. Degrelle stand auf und nahm ein gebundenes Manuskript von einem überladenen Bücherregal. Er reichte es Schellfisch. Das Cover zeigte Tintin-Lutin in einer Naziuniform zusammen mit dem SS-Obersturmbannführer Degrelle. Der Titel war *Tintin, mon copain.*[111] Die Ecken des braunen Covers waren mit Adlern verziert, die auf einem Hakenkreuz standen. Degrelle schien erheitert, als er sah, wie schockiert Tintin-Lutin darauf reagierte. Er sagte: »Das Buch ist eine Hommage an *meinen Freund Hergé*. Wir arbeiteten Ende der 20er-Jahre beide in der Redaktion des *Le Vingtième Siècle*, Hergé war zweiundzwanzig, ich dreiundzwanzig, wir waren beste Freunde. Er illustrierte 1932 mein Buch *Histoire de la guerre scolaire* und signierte jede Illustration mit Hergé. Er war einer von uns.« Degrelle lachte schelmisch, »wir vergötterten beide unseren Chefredaktor und Mentor, den Abbé Norbert Wallez, ein echter Kerl, der bis zuletzt für unsere Sache gekämpft hat. Auch Germaine mochte ihn, sehr sogar. 1947 wurde Wallez wegen Kollaboration zu vier Jahren Haft und einer Geldstrafe von

200 000 Francs verurteilt. Er blieb bis 1950 in Charleroi in Haft. Dort erkrankte er an Krebs. Germaine und Hergé nahmen ihn zuerst in ihrem Landhaus auf und besuchten ihn später, bis zu seinem Tod, im Spital. Wir Rexisten haben immer zusammengehalten. Wallez starb am 24. September 1952. Ein trauriger Tag für uns alle. Er war ein Großer.«

»Jaja«, unterbrach ihn Schellfisch ungeduldig, »Germaine Kieckens hat uns das alles schon erzählt.«

»Oh, wie geht es ihr?«, fragte Degrelle erfreut.

»Gut«, sagte Tintin-Lutin, »sie lebt immer noch auf dem gemeinsamen Anwesen in Céroux-Mousty.«

Degrelle sagte, sie sei das weibliche Pendant zu Wallez gewesen: eine Kommunistenfresserin, eine Frau von ›Law and Order‹. Er habe sie nicht oft lachen sehen. Hergé hätte ihm fast leidgetan, als sie heirateten. »Sie hatte von Anfang an die Hosen an, er war ja noch ein Kind. Wenn ich die beiden sonntags abholte, um mit Wallez auf dem Land essen zu gehen, kam es uns vor, als hätten wir einen kleinen Jungen auf dem Rücksitz«,

Degrelle lachte vergnügt, er schien sich gerne an die alten Zeiten zu erinnern, »aber ich glaube, Germaine hat sich nach der Trennung von Hergé auch vom rexistischen Gedankengut gelöst.«

Tintin-Lutin blätterte in *Tintin, mon copain*: »Dann war ich also ein Faschist?«

»Sie *sind* ein Faschist, Sie sind einer von uns«, sagte Degrelle stolz, »vor Ihnen sitzt der wahre Vater von Tintin-Lutin.« Degrelle genoss die Irritation, die er bei seinen Gästen auslöste: »Ich verkörperte alles, was Hergé gerne gewesen wäre: ›Léon, le Beau‹, ich sah verdammt gut aus und war ein richtiger Kerl, ein Mann mit Straußeneiern, der sich vor keiner Gefahr fürchtete. Ich trug damals Golfhosen und eine auffällige Haartolle, ich wollte ›unique‹ sein, ein Original, unverwechselbar, das wollen doch alle jungen Leute. Das steht alles in meinem Manuskript. Mein Anwalt sagt, man würde mein Buch verbieten. Aber wieso? *Ich praktiziere die Freiheiten der Demokratie.*« Degrelle sagte mit geschwellter Brust, er sei ein Faschist, ja, ein Nazi, aber vor allem sei er Katholik, jawohl, Katholik, ein katholischer Nazi, der sich eine katholische Diktatur wünschte und immer noch wünscht. Tintin-Lutin reichte Schellfisch das Manuskript. Er nahm es und blätterte darin.

»Es hat viele unbekannte Fotos«, prahlte Degrelle, »und auch wenn Sie meine Sicht der Dinge nicht teilen, schmälert das nicht den Wahrheitsgehalt der Passagen, die sich mit Ihrer jungfräulichen Geburt beschäftigen. Das meiste lässt sich ja problemlos überprüfen, aber daran haben Tintinologen kaum Interesse.«

»Nehmen Sie es Hergé übel, dass er Sie negierte?«, fragte Tintin-Lutin.

»Ach wo!«, sagte Degrelle, »Hergé war bis zuletzt mein Freund, ich mochte ihn, auch wenn er nie erwachsen wurde; ich hingegen wusste stets, was ich wollte. Hergé brauchte eine starke Hand, Führung, er war ganz nett, ein verspielter Junge eben, aber politisch hatte er stets die klare Linie, er ist nie eingeknickt.«

Degrelle ging zur Bücherwand und nahm eine Zeitung aus einem Stapel Magazine. Er kehrte damit zu seinen Gästen zurück: »Erschienen in *La Libre Belgique* am 30. Dezember 1975.[112]« Er schlug die Zeitung auf und las: *»Ich habe die Comics dank Léon Degrelle entdeckt.*« Er ließ die Zeitung auf den Tisch fallen. »Aber alle seine Biografen bemühen sich, unsere Verbindung geheim zu halten, zu bestreiten oder wenigstens zu relativieren. Dabei wäre Hergé gerne mit mir nach Argentinien geflohen. Wie viele andere auch. Deshalb munkelte man, ich sei ›die Spinne‹, der Anführer einer Organisation, die es sich zur

Aufgabe gemacht habe, Nazis die Flucht nach Südamerika zu ermöglichen.[113]

»Sie hatten engen Kontakt zur europäischen Elite der Faschisten und wussten nichts vom Holocaust?«, fragte Tintin-Lutin.

Degrelle erhob sich: »Lassen Sie uns auf den Balkon gehen. Die Aussicht auf das Meer ist wunderschön.« Er öffnete die Balkonflügel und zeigte auf die Mauernische daneben. Eine Marienstatue stand darin: »Ich bin ein tiefgläubiger Katholik, müssen Sie wissen, ich war stets ein Feind der gottlosen Bolschewiken, *ich bete jeden Tag*[114] zu Gott.«

»Wo war Ihr barmherziger und allmächtiger Gott, als die Nazis sechs Millionen Juden vergasten?«, echauffierte sich Schellfisch, »wollte er den Holocaust verhindern, konnte aber nicht, dann war er impotent, konnte er, aber wollte nicht, dann war er grausam.«

Degrelle ließ sich nicht aus der Ruhe bringen und betrat den Balkon, der mit zahlreichen Blumenarrangements liebevoll geschmückt war. Er setzte sich in einen der weißen Korbsessel: »Ich wusste nichts vom Holocaust. Aber denken Sie, was Sie wollen, es ist eh alles verjährt. Ich darf mich wieder Léon Degrelle nennen, und niemand kann mir etwas anhaben.«

»Sie wussten nichts vom Holocaust, und Hergé wusste nichts von den Kongogräueln?!«, schnauzte ihn Schellfisch an und nahm eine bedrohliche Haltung an, »ihr seid mir ein merkwürdiges Pack, Sie pürierte Gehirnmasse, Sie frittierter Bettvorleger, Sie marinierte Scheiße!«

Degrelle grinste und atmete genüsslich die frische Meeresbrise ein. Er schaute dem Kapitän dabei frech ins Gesicht. Tintin-Lutin wollte keine Eskalation, dafür waren sie nicht hierher geflogen. Er fragte, wie er sich erklären könne, dass Hergés Leiche unauffindbar sei. Degrelle antwortete nicht sofort. Schellfisch trat an die Brüstung und schaute aufs Meer hinaus. Die Uferpromenade füllte sich allmählich mit Leben, die senile Bettflucht hatte schon manchen Pensionär ins Freie getrieben.

»Ich kann Ihnen die Frage beantworten, aber dazu muss ich etwas ausholen. Ich traf Adolf Hitler mehrmals, zuletzt überreichte er mir persönlich das ›Eichenlaub‹. Ich habe draußen im Flur ein Erinnerungsfoto an der Wand.«

»Wir wollen es nicht sehen«, sagte Schellfisch unwirsch, ohne sich umzudrehen.

»Adolf Hitler sagte mir, dass ich *der Sohn sei, den er sich stets gewünscht habe.* Im September 44 wurde ich sogar Kommandeur der 28. SS-Freiwilligen-Panzergrenadier-Division ›Wallonien‹.«

»Das wissen wir bereits«, sagte Schellfisch ungeduldig. Degrelle hielt inne und machte ein Gesicht, als hätte er sich soeben einen Zahn ausgebissen: »Einige nahmen es Hergé übel, dass er nicht mit uns geflohen ist. Einer machte den Vorschlag, Hergé zu entführen und in Plexiglas zu gießen, aus Rache, weil er sich von uns distanzierte, aber ich hatte nie die Absicht, Hergé Böses anzutun, er war und ist mein Freund. Ich bewundere ihn und ich bewundere, dass er euch zwei ulkige Gestalten erschaffen hat.«

Die letzten Worte hatte er direkt an Tintin-Lutin gerichtet.

»Wo ist die Leiche?«, fragte Schellfisch trocken.

»Wenn ich es wüsste, würde ich es Ihnen sagen. Haben Sie schon einmal daran gedacht, dass es vielleicht Hergé selbst war, der veranlasst hatte, dass sein Leichnam nach seinem Tod verschwindet?«

»Sie meinen, Wolfgang Beltracchi hat ihn in Plexiglas gegossen oder Gunther von Hagens hat seine Leiche plastiniert?«, fragte Tintin-Lutin und schüttelte verärgert den Kopf.

»Das macht doch keinen Sinn«, sagte Schellfisch.

»Vielleicht sollten Sie trotzdem darüber nachdenken. Hergé war stets für überraschende Wendungen gut.«

Als Degrelle die beiden zur Tür begleitete, fiel Tintin-Lutins Blick auf eine eingerahmte Fotografie, die Soldaten aus dem ersten Weltkrieg zeigte. Da war auch ein weißer Foxterrier drauf. Tintin-Lutin schaute Degrelle fragend an.

»Wollen Sie es wirklich wissen?«, fragte Degrelle und hob die Augenbrauen.

»*Was* wissen?«, fragte Tintin-Lutin zurück.

»Das Bild wurde 1918 im Reserve-Lazarett von Pasewalk aufgenommen. Es zeigt unter anderem einen deutschen Gefreiten mit seinem Foxterrier. Erkennen Sie ihn?«

Tintin-Lutin stutzte und murmelte: »Das darf doch nicht wahr sein!«

»Doch«, sagte Degrelle sichtlich amüsiert, »der hagere Kerl mit dem Schnauz ist kein Geringerer als Adolf Hitler.«

Schellfisch packte Degrelle am Kragen und drückte ihn gegen die Wand: »Wollen Sie etwas behaupten, dass Hitlers Foxterrier die Vorlage für Filou war?«

Degrelle packte Schellfischs Handgelenk und schob es beiseite: »Sie sehen hier den Gefreiten Adolf Hitler im Jahre 1918 im Lazarett Pasewalk. Nach dem ersten Weltkrieg hielt er sich eine Zeit lang hier auf und erwähnte in seinen späteren Schriften oft seinen geliebten Foxterrier ›Fuchsl‹[115]. Ich und Hergé haben damals gemeinsam im Fotoarchiv des *Vingtième Siècle* nach einer geeigneten Hunderasse gesucht. Wallez hatte darauf bestanden, dass der kleine Reporter einen kleinen Hund hat, obwohl Hergé Hunde hasste. Dass Autoren in ihren Werken kodierte Botschaften verstecken, ist allgemein bekannt. Ich kenne keinen Schriftsteller, der sich nicht solche Insiderspäße erlaubt. Das ist eine andere Art von ›Product Placement‹.«

»Hitlers Foxterrier war tatsächlich die Vorlage für Filou?« Tintin-Lutin war entsetzt.

»Ob Sie es gerne hören oder nicht, das sind die Fakten. Es ist wohl das größte Geheimnis, das Hergé mit ins Grab genommen hat.«

27

Picasso

Schellfisch und Tintin-Lutin verließen kurz nach zwölf Degrelles Wohnung. Sie hatten das Bedürfnis, sich zu bewegen, zu laufen. Sie liefen wie in Trance die Calle San Agustín entlang, die mit großen, flachen Steinen gepflastert war. Entlang dieser Straße hatte der christliche Adel nach der Rückeroberung Málagas seine Paläste über den ehemals islamischen Bauwerken errichtet.

Tintin-Lutin und der Kapitän standen immer noch unter Schock. Sie warfen sich einen flüchtigen Blick zu, als wollten sie sich vergewissern, dass sie tatsächlich Adolf Hitler mit einem weißen Foxterrier gesehen hatten.

»Was halten Sie von dieser Geschichte mit Hitlers Foxterrier?«, fragte Schellfisch nach einer Weile.

»Was soll man davon halten?«, fragte Tintin-Lutin zurück, »es ist schon so, wie James mir erzählt hat, dass sich Hergé in seinen Alben immer wieder kleine Insiderscherze erlaubt hatte. Vergleichen Sie mal seine rotweiße Mondrakete mit der V-2-Rakete[116] der Nazis. Sie müssen mal die beiden Bilder nebeneinanderhalten: Beide Raketen haben dasselbe schachbrettartige, zweifarbige Muster. Die gleichen sich wie ein Ei dem andern. Hergés Werk ist vollgespickt mit solchen versteckten Botschaften. Ähnlich wie Hitchcock gönnte er sich in einigen Alben diskrete Auftritte in der Menge. In ›Le sceptre d'Ottokar‹ verewigte er zahlreiche seiner Freunde, in anderen Alben karikierte er die einen als Mumien, die anderen als Deppen, in *Les Bijoux de la Castafiore* machte er sich über Germaine lustig[117]. Einmal nannte er eine Straße ›Calle 22 de mayo‹, das ist der 22. Mai, sein Geburtstag. Und wenn Sie ›Quick et Flupke‹ aufmerksam durchblättern, entdecken Sie an einer Wand eine Inschrift: ›Rex wird siegen‹. Er hat ja für die belgischen Faschisten auch ein Wahlplakat illustriert. Erinnern Sie sich, was uns Bob De Moor erzählt hat? Wie er Edgar P. Jacobs in ›Reiseziel Mond‹ und in den ›Zigarren des Pharaos‹ verspottete? Ähnlich wie John Lennon nach dem Bruch mit den Beatles Paul McCartney auf die Schippe nahm.[118] Wallez, Degrelle und Hergé waren für ihren speziellen Humor bekannt. Es wäre nicht ungewöhnlich, wenn sie sich mit Hitlers Foxterrier einen kleinen Spaß erlaubt hätten. Dieses ideologische ›Product Placement‹ mag eine plausible Erklärung sein, aber was plausibel daherkommt, muss nicht wahr sein.«

Es war Schellfisch, der sich nach einer Weile als Erster ein Urteil bildete: »Ich denke, Léon Degrelle ist ein Großmaul, er liebt das Publikum, die Massen, die Medienresonanz. Dass er so spät damit herausrückt, dass er und Hitlers ›Fuchsl‹ angeblich die Vorlagen für Tim & Struppi sind, lässt vermuten, dass es ihm um die Promotion seiner Memoiren geht. Wenn ich alles Revue passieren lasse, was wir in letzter Zeit gehört habe, denke ich eher, dass dieser 16-jährige Junge Palle Huld[119] die größte Übereinstimmung mit Ihnen hat. Den Namen hat Hergé mit hoher Wahrscheinlichkeit Benjamin Rabier geklaut, und wie üblich bildet er sich ein, dass es seine Erfindung war.«

»Und die zündende Idee kam von Pater Wallez?«

»Natürlich, er wollte einen Missionar, der die Jugend mit dem Gift des Antisemitismus imprägniert.«

Sie setzten sich in ein kleines Gartenrestaurant und bestellten Tapas. Das *Tormes* war gut besucht, der Haussalat mit Orangen und Anchovis hervorragend, aber Schellfisch ließ ihn stehen und bestellte sich einen offenen Rotwein aus den Sierras de Málaga. Sie waren beide konsterniert, begriffen allmählich, dass Hergé sie nicht wirklich geliebt hatte, sondern nur den Ruhm, den er durch sie geerntet hatte.

»Ich fühle mich unglaublich gedemütigt«, sagte Tintin-Lutin leise, »missbraucht, in den Dreck gezogen ...«

Schellfisch streckte seinen Arm über den Tisch und legte seine Hand auf Tintin-Lutins geballte Faust: »Es geht mir genauso, wir müssen das leider ertragen, aber wir werden darüber hinwegkommen. Schmach und Niederlagen gehören nun mal zum Leben, sonst würde man die glücklichen Momente nicht mehr als solche erkennen.«

Tintin-Lutin nickte tapfer und legte seine freie Hand auf die von Schellfisch. Das Essen ließen sie stehen. Sie tranken Mineralwasser und wollten später die Straße entlang laufen, bis sie einen größeren Platz mit einem Taxistand erreichen würden. Auf dem Weg lag das Picasso-Museum, aber sie hatten wenig Lust, die Sammlung anzuschauen. Tintin-Lutin sagte, Künstler, die Großes erschaffen hätten, seien oft keine feinen Menschen gewesen. Vielleicht müsse man ein Schwein sein, um etwas zu erschaffen, zu dem andere nicht fähig sind.»

Oder zu anständig«, sagte Schellfisch, »Charlie Chaplin war ein Pädophiler, ein Scheißkerl. James erzählte mir, er hätte die Biografie von Peter Ackroyd gelesen. Der habe geschrieben, dass Chaplin weit über hundert Sexpartnerinnen *wie den letzten Dreck* behandelt habe. Das habe ein Opferanwalt vor Gericht ausgesagt. Oder Edward Hopper, er war seiner Frau gegenüber genauso gefühllos wie die Nachtschwärmer[120] auf seinem berühmten Gemälde: Die drei Gäste in der Bar schauen aneinander vorbei, jeder hängt seinen eigenen Gedanken nach. Hoppers Ehefrau Josephine Verstille Nivison teilte das Schicksal mit Germaine Kieckens: Beide waren Künstlerinnen, und am Ende standen zwei kaputte Frauen hinter zwei Egomanen. Die Liste ließe sich endlos weiterführen.

»Ich kann niemanden bewundern«, sagte Tintin-Lutin, »der etwas Großartiges kreiert, aber selber alles andere als großartig ist.«

»Das sei jedem selbst überlassen«, brummte Schellfisch und blieb mit halboffenem Mund stehen. Plötzlich wich das Blut aus seinem Gesicht. Er wurde kreidebleich und zeigte auf die Außenwand des Museums: »Wir verlieren unseren Schatten, Tintin-Lutin.«

»Nein, nein, Kapitän, das bilden Sie sich nur ein, das liegt am Licht. Lassen Sie uns diesen verfluchten Ort verlassen.«

Auf dem Rückflug tranken sie Wein, betranken sich, Tintin-Lutin hatte nicht mehr die Kraft abzulehnen. Er fühlte sich derart gedemütigt, dass er sich überlegte, wie er seinem Leben ein Ende setzen könnte. Dann kam ihm der Gedanke, dass es vielleicht gar nicht in seiner Macht stand. Er wurde schläfrig, nickte ein, und als sie die Alpen überflogen, ruhte sein Kopf an Schellfischs Schulter.

In Zürich legten sie einen Zwischenstopp ein. Tintin-Lutin hatte es so gewünscht. Er wollte nochmals den Psychiater Riklin aufsuchen. Diesmal zusammen mit dem Kapitän.

28

Schwarze Schokolade

Professor Riklin nahm ein Täfelchen dunkler Schokolade aus der schwarzen Verpackung und legte sich das kleine Quadratplätzchen auf die Zunge: »Sie sollten mehr davon essen«, sagte er Tintin-Lutin, der zusammengesunken im gegenüberliegenden Sofa saß. Auf dem Tisch zwischen ihnen lagen schon ein Dutzend Zellophan-Papierchen. Der Kapitän rührte nichts an. Er mochte diesen Ort nicht, er mochte keine Seelenklempner. Einen edlen Bordeaux hielt er für den besseren Freund. Müde schaute er zu Tintin-Lutin rüber, der wie ein Wasserfall sprudelte. Es berührte ihn unangenehm, dass sich sein kleiner Freund derart entblößte, es war ihm peinlich, er schämte sich für Tintin-Lutin. Dieser fuhr unbeirrt fort und erzählte, dass er letzte Nacht Mühe hatte mit dem Wasserlassen: »Ich dachte schon, ich würde nie mehr Wasser lösen können und der Urin würde wieder in die Nieren zurückfließen und meinen Körper vergiften. Ich hatte Angst, Todesangst. Ich schluckte ein Lexotanil und ein Temesta, weil ich ahnte, dass gleich eine Panikattacke folgen würde. Ich schlief schon bald darauf ein, und als ich aufwachte, konnte ich wieder Wasser lösen, aber jetzt hatte ich ein Stechen in der Leistengegend. Ich googelte die Symptome. Nierensteine hätten eine Ursache sein können, aber der Bildschirm blendete mich, das war sehr ungewöhnlich, ich sah grelle Blitze. Kann das der Beginn des Grauen Stars sein? «

»Sie sollten mit Ihrem Arzt darüber sprechen«, sagte Professor Riklin freundlich, »haben Sie einen Hausarzt, einen Allgemeinpraktiker?«

»Ich habe nur Spezialisten«, stieß Tintin-Lutin gequält hervor, »jedes Organ braucht doch einen Spezialisten, und die kamen mittlerweile alle zum Schluss, ich sollte *Sie* aufsuchen.«

Der Professor wirkte nachdenklich. Für einen Augenblick dachte Tintin-Lutin, dass er den Professor vielleicht langweile.

»Ich habe neuerdings auch Heißhungerattacken«, sagte Tintin-Lutin und griff zu einem Stückchen Schokolade. Der Professor musterte ihn, schien sich ein Urteil zu bilden, möglicherweise kein vorteilhaftes. Er schürzte die Lippen und strich sich mit der Hand über den kurzgeschnittenen Bart: »Versuchen Sie es gescheiter mit dunkler Schokolade, die einen Kakaoanteil von mindestens achtzig Prozent hat. Sie enthält viel Phenylethylamin. Bereits Casanova zog dunkle Schokolade dem Champagner vor, bevor er sich ins Vergnügen stürzte. Phenylethylamin hebt die Stimmung, deshalb essen alle meine Patientinnen bei Liebeskummer instinktiv große Mengen dunkler Schokolade. Sie lindert Depressionen, verscheucht die Schwermut. Es ist ein natürliches Antidepressivum, zusammen mit dem Theobromin und dem Tryptophan macht es gute Laune.«

Er nahm das nächste Stückchen und steckte es sich in den Mund, Tintin-Lutin tat es ihm gleich. Er nahm gleich zwei Stück.

»Das Fett in der Bitterschokolade mobilisiert die Endorphine. Die körpereigenen Hormone lassen die Welt bunter erscheinen, und die Flavonoide in der Kakaobohne machen Sie resistenter gegen Stress. Sie sollten sich am Bahnhof gleich ein paar Schachteln davon kaufen.«

Tintin-Lutin steckte sich ein weiteres Stück Schokolade in den Mund. Er wollte fortfahren, da unterbrach ihn Schellfisch: »Wir sind nicht hergekommen, um uns über schwarze Schokolade zu unterhalten. Ich halte übrigens überhaupt nichts von schwarzer Schokolade. Für den Darm ist sie wie Zement, nach dem Verzehr von dunkler Schokolade können Sie drei Tage nicht mehr aufs Klo. Sie sind ein Seelenklempner. Wir haben Ihnen alles erzählt, was wir über Monsieur Hergé wissen. Welche Vorkehrungen trifft ein Mann wie Hergé für den Fall seines Todes? Er hatte ja Zeit, sich vorzubereiten, denn er wusste bereits einige Jahre vor seinem Tod, dass er entweder an Aids oder an Leukämie sterben würde.«

Der Professor erhob sich und trat ans Fenster. Er sagte, er habe aufmerksam zugehört und wenn er all diese Informationen auswerte, bleibe eine narzisstisch verhaltensgestörte Persönlichkeit zurück. Ein solcher Mensch wird alles unternehmen, um den Tod zu überwinden. Haben Sie schon einmal darüber nachgedacht?«

Tintin-Lutin stutzte und stopfte sich das nächste Stück Schokolade in den Mund. Der Professor fuhr fort, Hergé sei ein sehr vermögender Mann gewesen. Wenn er von jedem Album zehn Prozent erhalten habe, dann wäre das bei 220 Millionen verkaufter Alben eine halbe Milliarde. Welche Möglichkeiten hat ein Multimillionär, um den Tod zu überlisten?«

»Worauf wollten Sie hinaus?«, fragte Schellfisch ungeduldig.

»Als mich Hergé das letzte Mal besuchte, sprachen wir über die Zukunft, über seine Zukunft, aber auch über die Zukunft der Menschheit. Er war überzeugt, dass wir eines Tages elektrische Autos fahren, den Krebs besiegen und den Alterungsprozess aufhalten oder gar den Tod überlisten würden. Ich erzählte ihm von einem befreundeten amerikanischen Psychologieprofessor: James Hiram Bedford.[121] James litt damals schon an

Nierenkrebs, und es war absehbar, dass der Krebs Metastasen in der Lunge bilden würde. Damals ein sicheres Todesurteil. Als die Lunge in den 60er-Jahren tatsächlich befallen wurde, ließ sich mein Kollege bei -196 °C in flüssigem Stickstoff kryokonservieren. Das war 1967. Ich rief Hergé an, er war ja mittlerweile weltberühmt, und ich gestehe, dass ich gerne mehr Kontakt zu ihm gehabt hätte. Seine Frau meldete sich am Telefon. Sie sagte, er habe sie verlassen, wegen einer jungen Koloristin, die in den Studios arbeitete. Und er wäre wahrscheinlich nicht mehr am Thema interessiert. Der Erfolg sei ihm zu Kopf gestiegen, er hielte sich jetzt für unsterblich.

»Und was ist mit Ihrem Kollegen passiert?«, fragte Tintin-Lutin neugierig.

Der Professor sagte, James Hiram Bedford sei immer noch kryokonserviert. Allerdings sei er vor ein paar Jahren in die modernen Anlagen von *Alcor* überführt worden. Dort würden mittlerweile einige hundert Menschen gelagert. »Es gab das Gerücht, auch Elvis Presley sei dort kryokonserviert, aber ich glaube, das ist ein Gerücht. Einige behaupten, Adolf Hitler und John Lennon lägen dort, aber das sind Medien-Stories, die Menschen lieben solche Geschichten. Was wäre, wenn … Auch dass im vergangenen Jahr Rock Hudson[122], Yul Brynner[123] und Orson Welles[124] von *Alcor* kryokonserviert wurden, ist nur ein Gerücht der Fans. Wie alt werden diese sein, wenn ihre Idole nach hundert Jahren wieder aufgetaut werden? Wird es überhaupt noch Schauspieler aus Fleisch und Blut geben? Aber es ist einfacher, einen Fluss zu stoppen als ein Gerücht.«

»Sie glauben, Hergé hat selber veranlasst, dass die Leiche nach seinem Tod weggeschafft wird?« Tintin-Lutin hegte große Zweifel.

»Ich weiß nicht, wer oder was begraben wurde, aber ich glaube nicht, dass jemand eine Leiche stiehlt und keine Lösegeldforderung stellt«, erwiderte der Professor.

»Aber es macht auch keinen Sinn«, wandte Schellfisch ein, »eine Leiche zu stehlen und sie zu Hause aufzubewahren. Damit können Sie sich nicht mal ein Sandwich kaufen.«

»Ich sehe zwei plausible Szenarien: Entweder hat jemand, dem Hergé geschadet hat, sich gerächt, das Grab geschändet und die Leiche irgendwo entsorgt, oder Hergé liegt mit Frostschutzmitteln in den Adern in einem Edelstahltank der *Alcor Life Extension Foundation* in Arizona und wartet, bis man etwas gegen Aids und Leukämie gefunden hat.«

»Und dann kommt er zurück?«, fragte Schellfisch schockiert.

Professor Riklin nickte und sagte, vielleicht käme Hergé nicht alleine zurück. Es klang wie eine Drohung: »Wer weiß, wer sonst noch in diesen Edeltanks ausharrt?« Der Professor setzte sich hinter seinen Schreibtisch und stützte die Hände auf: »Hat Ihr Professor auf Schloss Cheverny jemals den Begriff Kryostase in sein Pythia-System eingegeben?«

29

Filou

Als Schellfisch und Tintin-Lutin vor dem Schloss parkten, eilte James aus dem Haus. Schellfisch rief ihm zu, er müsse sofort den Professor sprechen. Ob er im Hause sei.

»Der Arzt war hier«, keuchte James, »er sagte, es sei das Alter, das Herz …«

Tintin-Lutin riet ihm, etwas kürzer zu treten, er brauche jetzt auch ein bisschen Ruhe, »nehmen Sie sich die Zeit, die Sie brauchen …«

Schellfisch unterstützte die Idee: »Ja, James, Melissa wird Sie vertreten …«

James sagte, es gehe nicht um ihn, er spreche von Filou, der Tierarzt sei schon dreimal hier gewesen. Tintin-Lutin ließ ihn stehen und rannte ins Schloss. Filou lag ermattet in seinem Körbchen. Neben ihm kniete Melissa. Sie strich Filou liebevoll über das trockene Fell. Es hatte jeglichen Glanz verloren. Tintin-Lutin ließ sich zu Boden fallen und hätte Filou beinahe erdrückt. Er streichelte Filou und begann zu schluchzen.

»Wir haben alles versucht«, sagte Melissa leise.

Nun hatte auch James die Küche betreten: »Ich habe ihm sogar Weißwürstchen aus der Metzgerei Sans-Poil besorgt, er hat nichts angerührt.«

»Mit Weißwürstchen hat noch niemand den Tod überlistet«, brummte Schellfi.«

Der Professor betrat die Küche und sagte, ein Jahr im Leben eines Menschen entspreche in etwa sieben Jahre im Leben eines Hundes.

Sie begruben Filou am nächsten Morgen hinter dem Schloss, dort, wo Filou am liebsten der Nachbarskatze aufgelauert hatte. Sie waren alle da: James, er hatte erneut an Gewicht verloren, die Pinkertons, deutlich ergraut, und der Professor, dessen Schultern noch mehr eingefallen waren. Sie trugen Filou in seinem Körbchen zu Grabe. Schellfisch nahm eine Schaufel und hob ein Loch aus. Niemand schaffte es, Filou in dieses Erdloch zu legen. Es war schließlich Melissa, die sich mit einem Blick versicherte, dass es geschätzt würde, wenn sie es tat. Sie blieben noch eine Weile andächtig vor dem ausgehobenen Grab, und Melissa stimmte leise ein Lied an, *ich hatt' einen Kameraden.*

J'avais un camarade
De meilleur il n'en est pas
Dans la paix et dans la guerre
Nous allions comme deux frères
Marchant d'un même pas.

Als Tintin-Lutin immer heftiger weinte, gab Schellfisch Melissa zu verstehen, dass sie besser mit dem Singen aufhören solle. Tintin-Lutin schaute hilflos in die Runde und sagte trotzig, Filou sei nie im Leben Hitlers ›Fuchsl‹ gewesen.

»Machen Sie sich nichts draus«, versuchte Melissa Tintin-Lutin zu trösten, »für uns alle ist Filou Filou und nicht Fuchsl.«

Tintin-Lutin nickte und presste tapfer die Lippen zusammen. Schließlich setzte Schellfisch dem Ganzen ein Ende und schaufelte das kleine Grab zu. Tintin-Lutin ließ den Tränen freien Lauf und weinte so heftig, dass sein ganzer Körper von einem Kälteschauer durchgeschüttelt wurde. Melissa nahm ihn in die Arme und herzte ihn. Als das Grab zugeschüttet war, übergab Schellfisch James die Schaufel und ging ins Schloss zurück. Der Professor folgte ihm und sagte, er erwarte alle in einer halben Stunde im Salon. Den Pinkertons tat Tintin-Lutin leid. Vergebens suchten sie nach passenden Worten, aber es gab nichts, das einen über den Tod eines geliebten Tieres hinwegtrösten konnte. Diskret zogen sie sich zurück. Melissa trocknete Tintin-Lutins Tränen und sagte leise, dass er im Salon erwartet werde. Sie würde noch eine Weile am Grab bleiben, Totenwache halten, das sei in ihrer Heimat so üblich. Sie wollte noch etwas sagen, zögerte, schließlich musste sie es loswerden: »Haben Sie den Eindruck, dass auch ich in den letzten Tagen übermäßig gealtert bin?«

Es war ihr peinlich, weil dies bestimmt nicht der geeignete Augenblick war, aber die Frage nagte seit Wochen an ihr. Tintin-Lutin schaute sie lange an, schließlich sagte er, nur die Leute im Schloss würden rasant altern, denn auch das Schloss sei eine Schöpfung von Monsieur Hergé. Aber sie, sie würde ganz normal altern, denn sie sei nicht der Fantasie von Monsieur Hergé entsprungen. Er ließ Melissa stehen und folgte den andern. Kaum hatte er die Eingangstüre hinter sich geschlossen, schossen vier Hunde zwischen den Büschen hervor und legten sich auf das frische Grab. Rantanplan, Idéfix, Pluto und Snoopy waren untröstlich.

30

Hergé erzählt

»Es ist mir unverständlich, dass sich Menschen einfrieren lassen«, sagte James, während er der versammelten Gesellschaft im Salon Champagner servierte. »Wen rufen sie an, wenn sie nach hundert Jahren wieder aufgetaut sind? Mit wem wollen sie ihre Freude teilen? Sie werden als Exot durch alle Talkshows geschleift, und die Juristen werden darüber streiten, ob der Tag ihrer Geburt oder der Tag des Auftauens ihr Geburtsdatum ist. Also ich habe da eine CNN-Doku gesehen …«

»James«, unterbrach ihn Schellfisch, »wir wissen, dass Sie den Großteil Ihrer Arbeitszeit in der Küche vor dem Fernseher verbringen. Das erkennt man auch daran, wie vernachlässigt das Schloss mittlerweile ist. Demnächst wohnen wir hier in einer Ruine, und eine Filmcrew dreht hier die ›Die Schlacht von Azincourt‹.«

James streckte den Rücken durch und sagte trotzig, alles, was Monsieur Hergé jemals erschaffen habe, altere nun in Windeseile. Tintin-Lutin zuckte zusammen. Offenbar war auch den andern nicht entgangen, dass das Anwesen baufällig geworden war. Betretenes Schweigen legte sich über den Salon. Der Professor startete das Programm Pythiasoft. Hergés Hologramm erschien in Lebensgröße. Er stand da mit verschränkten Armen und lächelte, wie er stets gelächelt hatte, wenn er Unangenehmes überspielen wollte.

»Kryonik. Was fällt Ihnen dazu ein?«, fragte der Professor.

Hergé antwortete, ohne zu zögern. Pythiasoft hatte bereits einiges dazugelernt. Er sprach mit monotoner Stimme: »Das Wort stammt aus dem Altgriechischen und bedeutet so viel wie Eis oder Frost. Kryonik ist die Kryokonservierung von Organismen oder einzelnen Organen, um sie in der Zukunft wiederzubeleben.«

»Das hätte uns auch James erzählen können«, nervte sich Schellfisch, »wir wollen wissen, welche Bedeutung die Kryonik in Ihrem Leben hatte.«

Hergé schwieg. Alle schauten zum Professor. Hatte sich die Software aufgehängt? Alle warteten gebannt auf Hergés Antwort, aber Hergé antwortete nicht. Der Professor setzte sich an den Computer und schüttelte verwirrt den Kopf, er murmelte, er verstehe das nicht, das System sei intakt, es müsse an Hergé liegen, er wolle nicht antworten.

»Sie flambiertes Stück Scheiße«, brüllte der Kapitän, »reden Sie endlich!«

Der Professor bat Schellfisch um Mäßigung: »Ich sagte Ihnen doch, meine Software ist lernfähig. Ist es nicht grossartig, wie Hergé dem Thema ausweicht? Er will nicht über Kryonik sprechen.«

»Lassen Sie ihn reden«, flüsterte Tintin-Lutin, »alles kann ein Hinweis sein.«

Hergé sprach nicht über Kryonik, er legte dar, dass Anfang der 30er-Jahre Katholizismus und Antibolschewismus miteinander verschmolzen, dass alle den Sozialisten Mussolini bewunderten, der in den 20er-Jahren zum *Duce del Fascismo*[125] mutierte und Diktator des ersten faschistischen Regimes wurde. »Und als Hitler 1933 die Macht ergriff, glaubten wir alle an die *Neue Ordnung*, wir waren überzeugt, dass nur Hitler den russischen Bären davon abhalten konnte, über das christliche Europa herzufallen. Damals wagte man nicht, Erwachsenen zu widersprechen. *Ich beneide die heutige Jugend, dass sie bereits ist, was sie ist. Die Dinge haben sich so schnell geändert. Heute haben wir eine erstaunliche Reife bei den Jugendlichen, unvorstellbar vor zwanzig Jahren.«*[126]

»Sie hatten die Wahl«, warf ihm Tintin-Lutin vor, »viele Künstler in Ihrem Alter fanden einen Weg, nicht zu kollaborieren.«

»Als die Wehrmacht *Le Vingtième Siècle* stilllegte und die Kontrolle über *Le Soir* übernahm, trat ich der Redaktion bei. *Ich hatte keine Skrupel für eine Zeitung wie ›Le Soir‹ zu arbeiten, ich habe gearbeitet, das ist alles, so wie ein Minenarbeiter arbeitet oder ein Metzger. Aber während man es normal fand, dass ein Maschinist eine Eisenbahn zum Laufen brachte, wurden die Presseleute* später *als Verräter gebrandmarkt*[127].

»Dann war die Ligne claire nichts anderes als die Ligne claire des Faschismus?«, fragte Tintin-Lutin.

Hergé schien belustigt, aber er hatte nicht die Absicht zu antworten. Schellfisch sagte Tintin-Lutin, er solle sich nicht weiter quälen und die Wahrheit hinter dem Mythos Hergé zur Kenntnis nehmen. Der Professor gab ihm Recht und sagte, Hergé sei ein Leben lang der kleine Rassist im Pfadfinder-Hemd geblieben.

»*Wenn ich eine Tochter hätte, würde ich ohne Zweifel zögern, ihre Heirat mit einem Ausländer gutzuheißen, und zwar, um ihr zukünftige Probleme zu ersparen. Wenn ich so darüber nachdenke, vielleicht bin ich immer noch ein Rassist.«*[128]

»Immer noch?« fragte Tintin-Lutin, »und auch ein Antisemit.«[129]

»Und was für einer!«, mischte sich James ein, »im Januar 1942 koordinierten die Nazis unter dem Vorsitz von Obergruppenführer Reinhard Heydrich die systematische Vernichtung der Juden in Europa. Die Wannseekonferenz war der Startschuss für den Holocaust. Ab Mai 1942 musste auch die Juden in Belgien den gelben Davidstern tragen, und bereits im August begannen die ersten Transporte belgischer Juden nach Auschwitz. Jeder Einwohner von Brüssel ist in den Straßen Menschen mit dem Davidstern begegnet. Soldaten auf Heimaturlaub berichteten, was im Osten mit ihnen geschah. Und was taten Sie, Monsieur Hergé, in jenen Tagen?«

»Ich wusste von nichts«, antwortete Hergé. Damit provozierte er James aufs Äußerste: »Während 25 000 belgische Juden in die Züge nach Auschwitz verfrachtet wurden, publizierten Sie *Der geheimnisvolle Stern*, eine Geschichte, die geldgierige Juden mit krummen Nasen und gebeugten Rücken zeigte, Ihre Comic-Juden hatten ein sternähnliches Abzeichen auf der rechten Brust. Über Ihren Comic-Helden injizierten Sie den übelsten Antisemitismus in die unschuldigen Herzen Ihrer jungen Leser! Niemand hat Sie dazu gezwungen! Sie haben ganze Generationen von Kindern mit Ihrem Antisemitismus verseucht!«

»Ich habe viele Bösewichte aus verschiedenen Nationen gezeichnet, einige waren Juden. Na und? Bin ich deswegen ein Antisemit?«

»Ja«, stieß Schellfisch wütend hervor, »Jacques Martin sagte in der *Libération*[130], Sie seien auch Ihr Leben lang ein Antisemit geblieben! Er muss es ja wissen. Er war jahrelang Ihr Co-Autor, einer der vielen unterschlagenen Co-Autoren.«

Hergé benahm sich wie ein aalglatter Fisch. Egal, was sie ihn fragten, er antwortete stets mit einem entspannten Lächeln, amüsiert bis zur Überheblichkeit. Er steigerte die Vorwürfe mit Übertreibungen ins Ironische und vermied Substantielles, wie er es ein Leben lang erfolgreich getan hatte.

»Michèle Nieto«, sagte James, »schrieb seinerzeit einen Essay für das Magazin *Le Point*, ›Tintin-Lutin à la loupe‹[131]. Sie analysierte das Kongo-Abenteuer und schrieb: *Genug! Man vergiftet unsere Kinder. Man muss Hergé verbrennen.*«

Hergé lachte genüsslich, er wusste, dass ihm niemand mehr etwas anhaben konnte. Er war zum Mythos geworden, unangreifbar, unfehlbar, unbesiegbar. Schellfisch platzte erneut der Kragen. Er schrie das Hologramm an: »Und während man später Straßen und Gebäude nach Ihnen benannt hat und Ihr Konterfei auf Briefmarken druckte, versanken jene, die sich für die Juden wehrten, und starben in der Anonymität. Haben Sie jemals bereut, haben Sie sich jemals entschuldigt?«

»Ich entschuldige mich nicht, ich erkläre mich.«[132]

Er schaute hochmütig an ihnen vorbei, es war ganz erstaunlich, dass Pythiasoft aufgrund aller verwerteten Filmaufnahmen mittlerweile Mimik und Motorik authentisch wiedergeben konnte. Ein eitler, selbstgefälliger Pfau stand vor uns. Alexis erkannte, dass eine weitere Diskussion wenig Sinn machte und wollte endlich zur Sache kommen: »Kennen Sie die Rawhide Western Town in Chandler, Arizona, in der Nähe der *Alcor Life Extension Foundation?*« Er fixierte Hergés Hologramm mit strengem Blick. »Ich hatte mir stets einen Freizeit- und Themenpark gewünscht«, begann Hergé, »die französischen Behörden planen für 1989 einen Asterix-Park in der Nähe von Paris, ich glaube, in der Gemeinde Plailly. Wieso Asterix? Gibt es etwas Größeres als meinen jungen Reporter mit der blonden Haartolle?«

Tintin-Lutin reagierte erbost: »Und Sie wollen uns alle sterben lassen? Dann macht es überhaupt keinen Sinn, einen Tintin-Park zu eröffnen. Ihre Fans sind heute Pensionäre und sterben aus. Nur mit neuen Abenteuern hätten Sie den Hype fortführen können, aber das wollten Sie ja nicht!«

»Es ist mir egal, was ihr denkt. ›Je m'en fiche.‹«

Tintin-Lutin machte ein paar Schritte zum Kamin und schaute dem Hologramm direkt ins Gesicht, aber das Hologramm nahm ihn nicht wahr: »An wen dachten Sie eigentlich, als Sie sich unsere Abenteuer ausdachten? Dachten Sie an Ihre jungen Leser?«

»Überhaupt nicht! Ich denke überhaupt nicht an die Leser, weder an die jungen noch an die erwachsenen. Ich denke nur an mich, egoistischerweise.«[133]

Er machte eine kurze Pause und fuhr dann fort: *»Vielleicht ist das Wichtigste in der menschlichen Existenz, dass es einem gelingt, in Frieden mit sich selbst zu leben. Das ist das große Problem.*[134] Ich habe mich akzeptiert. Ich habe akzeptiert, dass ich nicht makellos bin. *Das Leben ist viel angenehmer, unendlich viel einfacher. Wenn man sich akzeptiert mit all seinen Fehlern und Sünden, wird das Leben einfacher.«*[135]

»Sie sind ein gottverdammter Reaktionär«, fluchte Schellfisch.

Hergé schien unbeeindruckt: *»Ich versuche in erster Linie ein gläubiger Mensch zu sein, ich bestreite nicht, dass ich einen rechtsextremen Hintergrund habe, weil ich meine Studien in einem katholischen College machte. Wie ein junger Spießbürger. Aber ich fühle mich überhaupt nicht als Spießbürger, ich fühle mich nicht mehr der Rechten zugehörig als der Linken. Aber wahr ist: Ich bin ein Mann von Law & Order.*[136] *Ich hasse die Unordnung und die Konfusion, das ist wahr. In dieser Hinsicht habe ich eine sehr ausgeprägte spießbürgerliche Seite, ich mag die Ordnung in meinem Haus.«*[137]

»Für wen haben Sie sich denn unsere Abenteuer ausgedacht, wenn nicht für die Kinder und Jugendlichen?«

»Für mich und fast ausschließlich für mich. Wie ein schrecklicher Egoist.«[138]

»Kommt es vor, dass Sie weinen?«, fragte Léon.

»Selten.«[139]

»Was bereuen Sie am meisten, Monsieur Hergé?«

»Dass ich sterben musste. Ah! Wenn ich noch ein oder zwei Jahre am Leben hätte bleiben können: *Ich bin sicher, ich hätte sogar einem einfachen Punkt Leben einhauchen können.«*[140]

»Dieses Zitat stammt vom japanischen Künstler Hokusai«, sagte Tintin-Lutin verächtlich.

»Jetzt stammt es von mir«, grinste Hergé.

Alexis verlor die Geduld, dieses ewige Palaver musste aufhören: »Wo ist Ihre Leiche, Monsieur Hergé?«

31

Melissa

Leise stieg Melissa mit ihrem Koffer die breite Treppe zur Eingangshalle hinunter. Die Angst war ihr ins Gesicht geschrieben. Sie fürchtete, jemand könnte sie aufhalten. Je mehr sie sich dem Ausgang näherte, desto stärker geriet sie in Panik. Sie hörte Stimmen aus dem Salon. Es war ihr unheimlich, was in diesem Anwesen passierte. Hier würde sie nie Prinzessin. Es spukte auf Schloss Cheverny! Vorsichtig öffnete sie den schweren Türflügel und trat leise ins Freie. Die Hunde hielten immer noch Wache an Filous Grab. Melissa begann zu rennen, die Einfahrt hinunter bis zum Tor, sie rannte um ihr Leben. Sie wollte nicht plötzlich zu einer Figur werden, die sich irgendein Comic-Autor ausgedacht hatte. Erst als sie das Anwesen hinter sich gelassen und an der Hauptstraße stand, atmete sie auf und begann, sich zu beruhigen. Sie stellte sich an den Straßenrand und wartete. In der Ferne heulte ein Motor auf, ein Wagen schoss mit quietschenden Reifen um die Kurve und beschleunigte gleich wieder. Es war ein knallroter Lamborghini Countach Quattrovalvole mit 455 PS unter der Haube. Melissa streckte den Arm aus und hob den Daumen hoch. Die Preislisten der Sportkarossen waren ihr ebenso geläufig wie der Preis des neuen Rouges von L'Oréal. Wer sich einen Lamborghini Countach Quattrovalvole leisten konnte, würde sich auch eine Melissa leisten können. Der Lamborghini raste mit einer gefühlten Geschwindigkeit von dreihundert Stundenkilometern an ihr vorbei und ließ sie hustend in einer Staubwolke zurück. Melissa zeigte dem Kerl den Stinkefinger und stieß üble Verwünschungen aus. Der Fahrer riss einen Vollstopp. Hatte er ihre Geste bemerkt? Jetzt war ihr nicht mehr wohl in ihrer Haut. Würde er gleich aussteigen und sie verprügeln? Der Motor heulte erneut auf, und der Lamborghini schoss einige Meter nach hinten. Neben Melissa kam er zum Stillstand. Das Fahrerfenster wurde hinuntergekurbelt. Melissa stockte der Atem. Im Innern saß ein sportlicher Kerl, noch keine dreißig, er ließ lässig den Arm aus dem Fenster baumeln. Melissa sah seine goldene Rolex. Auch die Preisliste von Uhren waren ihr vertraut. Melissa konnte ihr Glück kaum fassen. Sie war ganz erleichtert und mochte den jungen Mann auf Anhieb. Mit seinem kantigen Gesicht erinnerte er sie spontan an den Cyborg, den James Cameron als Terminator letztes Jahr in die Kinos geschickt hatte. Er strotzte vor Lebensfreude und Selbstbewusstsein: »Wohin geht die Reise, ›honey bunny‹?«

»In ein besseres Leben«, grinste Melissa.

»Das trifft sich gut«, sagte der Beau, »steigen Sie ein und schnallen Sie sich an. In wenigen Stunden öffnet der Genfer Automobilsalon. Ich habe eine VIP-Karte für Sie.«

Das gefiel Melissa. Inmitten all der ausgestellten Luxuskarossen würde sie vielleicht sogar jemanden kennenlernen, der mit dem Privatjet angereist war. Als der junge Mann sah, dass Melissa zögerte, half er etwas nach: »Und nachher geht's weiter nach Italien, an die Mailänder Scala. Mögen Sie Oper?«

Melissa verzog das Gesicht. Sie hatte es ihrer Mutter nie verziehen, dass sie das uneheliche Kind eines schottischen Matrosen war. Sie hasste ihre Mutter deswegen, und wenn sie sich dabei überraschte, ihre Arien zu singen, hasste sie ihre Mutter noch mehr. Der Dandy zwinkerte ihr zu und trat ungeduldig auf das Gas. Der Motor röhrte wie ein zorniger Kettenhund.

Sie zögerte immer noch, denn sie wusste, dass zögernde Frauen die Begierde der Männer ins Unendliche steigern.

»Ich sammle Sportwagen. Vielleicht könnten Sie mich beraten. Ich schätze den Geschmack des weiblichen Geschlechts. Ihren würde ich ganz besonders schätzen.«

Melissa schmiss grinsend ihre Tasche auf den hinteren Sitz, schritt in aufreizender Langsamkeit um den Wagen herum und setzte sich in den feuerroten Lamborghini. Mit einem martialischen Geheule startete er durch.

32

Frozen Dreams

In der Zwischenzeit hatten die Bewohner von Schloss Cheverny die Befragung fortgesetzt. Mit mäßigem Erfolg.

»Monsieur Hergé«, rief der Professor laut in den Saal, er war mit seiner Geduld am Ende, »haben Sie sich einfrieren lassen? Ja oder Nein?«

»Wir waren oft in der Schweiz. Die Schweiz ist kalt im Winter. Manchmal friert man. Ich habe einen Buchhändler in Lausanne[141]. Er ist diskret. Bei ihm fand ich die Literatur, die mich interessierte. Bei ihm bestellte ich die Bücher von Léon Degrelle. Seine Bücher sind *sehr bewegend und gut geschrieben*[142].«

»Waren Sie jemals in der Rawhide Western Town an der 5700 W North Loop Rd, Chandler, in Arizona?«, fragte der Professor.

»Ja. Ich traf René Goscinny und Albert Uderzo, sie schreiben eine Comic-Serie. Sie heißt Asterix. Ich traf Morris, er schickt Lucky Luke seit 1946 in den Wilden Westen. Wir waren uns einig, dass wir unsere Kinder mit in den Tod nehmen. Kein Gallier sollte danach noch Widerstand gegen das römische Imperium leisten, kein Revolverheld sollte danach noch schneller schießen als sein Schatten, und kein Reporter sollte danach noch fremde Kontinente bereisen.«

Hergé lächelte süffisant. Die Meinung anderer Leute war ihm egal. Sein Werk war unsterblich geworden, und mit ihm sein Schöpfer: »Mit neuen Alben hätte man einen Themenpark

»Tintin« errichten können. Wie Disneyland oder den Asterix-Park. Aber was wäre mein Nutzen gewesen? *Je m'en balance.*«[143]

Tintin-Lutin warf den Pinkertons einen hilflosen Blick zu.

»Sagt Ihnen der Name *Alcor Life Extension Foundation* etwas?«, fragte Alexis, »die Firma ist in Arizona domiziliert, in Scottsdale, 7895 East Acoma Drive Suite 110.«

»Wir wollten eine Geschichte machen, ›Le Thermozéro‹, es ist eine Geschichte von Greg. Ich gab ihm den Auftrag. Er wollte als Co-Autor genannt werden. Deshalb ist sie nie erschienen. Ich bin der Brand, nicht Greg.«

»Und wovon handelte diese Geschichte?«, fragte Schellfisch ungeduldig.

»Greg hatte euch in ein neues Abenteuer nach Arizona geschickt. Ihr werdet Zeuge eines Autounfalls und ihr eilt dem Fahrer zu Hilfe. Er stirbt. Im Kofferraum hat er einen großen Eiskoffer verstaut. Darin liegt ein Kopf. Er ist vom Rumpf getrennt. Das Ziel war die *Alcor Life Extension Foundation*. Der Kopf gehörte dem Mafiaboss ›Sergio, der Bulldozer‹. Er war einer Krebserkrankung erlegen. Er wollte eingefroren werden. Wenn man eines Tages diese Krebsart heilen kann, will er aufgetaut werden.«

Alle ahnten, dass sie auf eine heiße Spur gestoßen waren. Es war schließlich James, der das Wort ergriff. Er fragte Hergé, ob sein Leichnam in einem Stahlkessel der *Alcor Life Extension Foundation* aufbewahrt würde.

33

Flug 417 nach Phoenix, Arizona

Als die Air France-Maschine über dem Atlantik die ideale Flughöhe erreicht hatte, servierten die Stewardessen die Mahlzeiten. Sie waren alle an Bord: der Professor, James, Tintin-Lutin und der Kapitän. Die Pinkertons fehlten, sie hatten auf eigene Faust nach Arizona reisen wollen, incognito, wie Léon betont hatte. James kümmerte sich rührend um den Professor, der von Tag zu Tag schwächer wurde. Schellfischs Bart war schlohweiß, die Schläfen silbrig, auch Tintin-Lutins Haar hatte sich gelichtet, die Tolle war verschwunden. Ihre Sitze lagen nebeneinander.

»Ich war erstmals 1931 in Amerika«, sagte Tintin-Lutin, »damals kannten wir uns noch nicht. In den 30er-Jahren fuhr man noch mit dem Schiff über den Ozean. Es war die Zeit von Al Capone, die Zeit der Prohibition.«

»Wie kann man nur so blöd sein und den Alkohol verbieten«, brummte Schellfisch und bestellte ein Fläschchen kalifornischen Rotwein von Robert Mondavi, »ich behaupte sogar, dass die Prohibition Al Capone erst richtig groß gemacht hat!«

»Sie haben Recht, Kapitän, mit dem illegalen Alkoholhandel konnte man schnell viel Geld verdienen, aber Hergé hatte damals kaum recherchiert, obwohl er in einer Zeitungsredaktion saß. Er war die Sprechblase von Norbert Wallez, und dem Pater ging es nur darum, die liberale Gesellschaft zu verdammen. Als der amerikanische Verlag Schuster & Schuster später verlangte, dass alle Schwarzen aus dem Album entfernt würden, da Schwarze damals nicht zum öffentlichen Erscheinungsbild gehören durften, hat Hergé wie üblich keinen Widerstand geleistet. Und wer war der Leidtragende? Ich! Alles blieb auf mir sitzen, ich war der Reaktionär. Vielleicht ist es besser, wenn ich sterbe, um diese Schande nicht länger ertragen zu müssen.«

Der Kapitän legte ihm den Arm auf die Schulter: »Sie sind ein guter Mensch, Tintin-Lutin. Vergessen Sie es.«

34

Camping Arizona, Provinz Parma

Alexis und Léon stiegen aus ihrem Auto und starrten auf das große Schild am Eingang des Campingplatzes.

»Sag mal, Léon, soll hier Arizona sein?«

»Ich habe mich auch schon gewundert, wieso hier alles italienisch angeschrieben ist.«

Alexis rempelte ihn an und sagte, er sei ein richtiger Depp, natürlich sei das Hotel Arizona Calle gemeint und nicht dieser heruntergekommene Campingplatz ›Camping Arizona‹.«

Sie gingen zum Wagen zurück. Léon warf den Motor an und gestand, sie seien hier in Salsomaggiore und nicht in Sabbiadoro an der Riviera, aber Alexis müsse zugeben, dass das sehr ähnlich klinge.

»Beides klingt in der Tat italienisch«, antwortete Alexis beherrscht und schrie, »aber unser Ziel ist Arizona!«

35

Scottsdale, Arizona, USA

Scottsdale war eine Stadt im Maricopa County, Arizona, und gehörte mit ihren knapp 100 000 Einwohnern zum Speckgürtel der angrenzenden Hauptstadt Phoenix. Die Amerikaner hielten sie für eine der lebenswertesten Städte der USA, für das bessere Beverly Hills, denn in Scottsdale wurde zur Schau gestellter Luxus, der in anderen Gegenden verpönt gewesen wäre, in eine charmante Wild-West-Romantik eingebettet. Seit den 50er-Jahren tummelten sich hier Stars wie Cary Grant, Zsa Zsa Gabor, Marilyn Monroe und Humphrey Bogart. Jedes Boulevardmedium hatte einen in Scottsdale stationierten Klatschreporter.

Die sandsteinfarbene Front der *Alcor Life Extension Foundation* war mit schattenspenden Arkaden verziert, die Eingangshalle elegant, aber nicht protzig und mit einer wohltuenden Klimaanlage ausgestattet.

Dr. Connie G. Broccoli empfing die Gäste aus Brüssel in ihrem Büro mit Sicht auf einen Innenhof voller Kakteen, Palm-Lilien und Mesquite-Bäumen. Sie erzählte in wenigen Worten die Geschichte der Stiftung, einer Non-Profit-Organisation. Sie sagte, *Alcor* hätte mittlerweile viele Prominente, die eingefroren in ihren Edelstahltanks bahnbrechende Erfolge in der Krebsbehandlung abwarteten. Aus Diskretionsgründen dürfe man jedoch keine Identitäten preisgeben.

Gemeinsam nahmen sie einen Fahrstuhl zu einem tieferen Stockwerk. Als sich die Türen öffneten, spürten sie gleich den

Temperaturunterschied. Ein Mitarbeiter kam Dr. Broccoli entgegen. Sein Name war Fernando. Er öffnete die mehrfach gesicherte Halle. Hier standen in bläulichem Dämmerlicht drei Dutzend runde Edelstahlbehälter nebeneinander, die aussahen wie futuristische Raumfahrtraketen. Jeder Eisbehälter war ungefähr drei Meter hoch und auf Rollen fixiert. An der Außenwand waren Temperaturanzeigen und ein Schild mit der Kundennummer befestigt.

»Genau so hat es uns Monsieur Hergé beschrieben«, log Tintin-Lutin, »er wollte unbedingt, dass wir nach seinem Tod herkommen und einen Krypto-Vertrag unterzeichnen, damit wir uns eines Tages alle wieder vereinen können.«

Dr. Broccoli sagte, das seien sehr schöne Geschichten, die sie immer wieder von Neuem berührten. Auch Monsieur Léon Degrelle hätte gleich einen Vertrag unterschrieben, als er Hergés Leichnam nach Scottsdale brachte.«

Allen stockte der Atem, sie verharrten mit offenen Mündern, als seien sie soeben selber schockgefroren worden. Dr. Broccoli realisierte, dass sie sich möglicherweise verplappert hatte und fragte verunsichert, ob sie auch Freunde von Léon Degrelle seien.

»Ich bin der kleine Bruder von Léon Degrelle«, sagte Tintin-Lutin, »wir haben ihn soeben in Málaga besucht. Er lässt Sie freundlich grüßen.«

Dr. Broccoli war erleichtert, dass sie keine Indiskretion begangen hatte und schlug vor, ins Aufnahmebüro zu gehen. Dort würden sie über Kosten und Risiken sowie alle weiteren Formalitäten informiert. Sie empfahl, ein paar Nächte darüber zu schlafen, manchmal würden einem die wichtigsten Fragen erst im Nachhinein einfallen. »Wohnen Sie im Hotel?«

»Ja«, sagte Schellfisch, »im Hotel Valley Ho an der East Main Street.«

»Ein sehr gutes Hotel«, lächelte sie, »aber eigentlich haben wir in Scottsdale nur gute Hotels.«

Sie begleitete die Gäste auf den Vorplatz und sagte noch ein paar freundliche Worte. Die Sonne brannte auf die Freunde nieder. Die Ärztin empfahl, Sonnencrème zu benutzen und eine Kopfbedeckung zu tragen. Plötzlich stockte sie. Irgendetwas hatte sie irritiert. Sie drehte sich zur Fassade der Stiftung und starrte auf die Wand. Sie sah ihren Schatten, aber ihre Gäste aus Brüssel warfen keine Schatten.

36

Baptisterium, Parma

Alexis und Léon überquerten die Platea Ecclesiae Maioris von Parma und blieben vor einem achteckigen Baptisterium aus rosarotem Veroneser Marmor stehen. Es war eine christliche Taufkirche aus dem 13. Jahrhundert mit imposanten Portalen. Sie betraten das Gotteshaus und schauten sich schweigend die gotischen Fresken in den bemalten Nischen an. Einige Touristen machten Aufnahmen von der Kuppel.

»Alexis, glaubst du eigentlich an Gott?«

»Ich habe in dieser Sache ermittelt, Léon, aber ich habe den unsichtbaren Freund nirgends aufgespürt. Ich denke, die Leute würden verrückt, wenn sie sich eingestehen müssten, dass mit dem Tod alles endet. Es ist schön, wenn man das Verfallsdatum des menschlichen Körpers mit Hilfe der Fantasie ins Unendliche verlängern kann.«

Léon schüttelte verwirrt den Kopf und sagte, er habe stets geglaubt, dass auch er an Gott glaube.

»Du hast es geglaubt, aber nicht gewusst, das ist der Unterschied.«

»Aber unsere Mutter war doch sehr gläubig, Alexis, wir genossen die gleiche Erziehung. Der eine bleibt gläubig, der andere fällt vom Glauben ab. Wie erklärst du …«

»Léon, wir werden doch alle als Atheisten geboren, bis uns die Erwachsenen Religion verabreichen wie eine Schluckimpfung. Und meistens gibt es weitere Schluckimpfungen. Oder glaubst du, Monsieur Hergé ist als Antisemit geboren worden? Wie kommt ein 17-jähriger Teenager überhaupt auf die Idee, eine antisemitische Karikatur zu zeichnen?«

»Dann trifft ihn keine Schuld?«

»Doch! Als Teenager denkst du über all die Dinge nach, die viele Philosophen der Antike schon vor dreitausend Jahren erörtert haben. Du hast dann die Wahl, ob du den Rucksack deiner Eltern schultern oder zurücklassen willst.«

Léon zeigte auf die Deckenfresken unter der Kuppel: »Was denkst du, wenn du so was siehst?«

»Wie man am besten ein hartes Ei pellt.«

»Ein was?!«, raunte ihm Léon zu, »ist das Humor oder schon Gotteslästerung?«

«Schau dir doch mal die Kuppel an, Léon, wenn du einen Stein wegnimmst, fällt alles in sich zusammen. Also musst du ein hartes Ei auf den Kopf schlagen, umdrehen und dann nochmals aufschlagen. Dann verliert die Schale ihre Stabilität, und du kannst es ganz einfach pellen.«

»Sag mal, Alexis, leidest du neuerdings unter der Hitze? Oder bist du etwa im Klimakterium angekommen?«

37

Western Town Rawhide

Als die Freunde in den Morgenstunden in einem geräumigen Dodge Caravan den Highway Richtung Phoenix nahmen, hatten sie sich noch nicht darüber ausgetauscht, was ihnen die Nacht an neuen Erkenntnissen gebracht hatte. Auch während des Frühstücks hatten sie geschwiegen. James war gar nicht erschienen, er hatte draußen auf dem Parkplatz gewartet.

Nach einer Dreiviertelstunde erreichten sie die Westernstadt. In den Morgenstunden war in Rawhide noch nichts los, auch die Shows, die Rodeo-Ritte und die Duelle vor dem Saloon, fanden erst ab zehn Uhr statt. Die Souvenirshops stellten ihre Werbetafeln auf die Verandas, die Restaurants ihre Schiefertafeln mit dem Tagesmenu.

Schellfisch ging voran, er ging schnurstracks auf den Saloon *The Coyote Lounge* zu und stieß die Pendeltüren auf. Hinter dem Tresen stand ein Chinese, der Gläser putzte. Sie setzten sich alle zusammen an den runden Tisch neben dem Klavier. Schellfisch sagte, er brauche jetzt was zu trinken und rief den Chinesen herbei. Er bestellte eine Flasche Whisky.

»Auf nüchternen Magen?«, fragte James besorgt.

»Worauf denn sonst«, antwortete Schellfisch.

Der Professor fingerte an seinen Hörgeräten und stöpselte sie ein. Ein Piepton signalisierte, dass der Kontakt hergestellt war. Es war für alle überraschend, dass ausgerechnet der Professor als Erster zu sprechen begann.

»Meine Herren«, begann er mit bemüht kräftiger Stimme, »mes chers copains! Als Wissenschaftler muss man sich an Fakten halten. An überprüfbare Fakten. Was sind die Fakten?« Er schaute fragend in die Runde.

»Wir sind nicht real«, sagte Tintin-Lutin, das Elend stand ihm ins Gesicht geschrieben.

»Ja, wir waren im Grunde nie real«, pflichtete ihm James bei.

»Monsieur Hergé hat sich das alles nur ausgedacht«, stieß Schellfisch hervor und entriss dem Chinesen mit einem entschlossenen Griff die Flasche. Er schenkte allen ein und schob die Gläser in die Mitte.

»Er hat sich das alles nur ausgedacht«, wiederholte James enttäuscht und nahm sein Glas in die Hand. Wortlos stießen sie miteinander an.

»Er denkt uns bloß«, sagte der Kapitän und hob gewichtig den Kopf.

»Er *hat* uns gedacht«, präzisierte der Professor, »jetzt denkt er uns nicht mehr, denn er ist nicht mehr, und bald werden auch wir nicht mehr sein, denn er hat es so gewollt, dass wir nicht mehr sind, wenn er nicht mehr ist.«

Tintin-Lutin trank sein Glas leer und hustete fürchterlich: »Am Anfang hat er uns doch geliebt. Da hat er uns gebraucht, doch als Fanny in sein Leben trat, setzte er uns aus wie die Franzosen ihre Katzen vor den Sommerferien.«

»Wie konnte er uns das bloß antun, nach all dem, was wir für ihn getan haben?«, haderte Schellfisch, »für ihn sind wir meilenweit durch die Wüste gelaufen, haben tagelang auf dem offenen Meer ausgeharrt und uns im Himalaya die Zehen abgefroren.«

Der Kapitän schlug die Faust auf den Tisch, dass die Gläser hüpften, und fluchte: »Ohne ihn hätten wird diesen ganzen

Ärger nie gehabt.« Im Nachhinein wäre es ihm sogar lieber gewesen, er hätte nie existiert, Hergé hätte sich nie einen Kapitän ausgedacht und Germaine Kieckens hätte nie einen Fisch gebraten.

»Sie haben Recht, Kapitän!«, pflichtete ihm Tintin-Lutin bei, »auch mir wäre es lieber gewesen, er hätte mich nie in den Kongo geschickt und ich wäre im brennenden Haus von Dr. Müller erstickt.«

Der Professor versuchte die Diskussion zu strukturieren: »Meine Herren, die Frage, die uns heute beschäftigen muss, ist: Was passiert, wenn Monsieur eines Tages wieder auftaut?«

Alle zuckten zusammen. Jemand hatte sich an das Klavier gesetzt und begonnen, darauf herumzuklimpern. Eine stämmige Blondine mit üppigem Busen sang *I don't look good naked anymore.* Ein Cowboy betrat den Saloon und warf seinen Schatten voraus. Es war Lucky Luke. Er blieb vor dem runden Tisch stehen und sagte, er jage die Daltons, das sei seine Mission, aber wen würden *sie* jetzt jagen? Sie hätten keine Mission mehr. Blitzschnell zog er seine beiden *Sixshooter* aus dem Halfter, ließ die Revolver um die Zeigefinger wirbeln und sagte knapp: »*Face the truth.*« Dann steckte er seine beiden ›Peacemaker‹ wieder ein.

»Ja«, rief jemand von der Galerie herunter, »schaut der Wahrheit ins Gesicht.«

Ein großgewachsener Blonder in einer Royal-Army-Uniform kam die Treppe herunter. Ihm folgte ein bärtiger Schotte in einem dunklen Trenchcoat.

Sie blieben vor dem Tisch stehen. Der Schotte bestellte einen Single Malt Whisky, Marke *Cardhu*, und stellte sich und seinen Kollegen als »Blake & Mortimer« vor.

»Ihr habt nicht mehr viel Zeit«, sagte Blake, »ihr habt bereits eure Schatten verloren, aber es gibt noch eine Sache, die ihr erledigen müsst.«

»Wenn Monsieur Hergé wieder aufwacht, wird alles wieder so sein wie früher!«, rief Tintin-Lutin verzweifelt.

Schellfisch stupste ihn an: »Wie soll das gehen? Wir werden uns längst in einer leeren Sprechblase aufgelöst haben.«

»Er hat Recht«, sagte der Professor betrübt, »ich fürchte, hier endet unser letztes Abenteuer.«

»Nein!«, rief Tintin-Lutin, »Blake & Mortimer haben Recht, es gibt da noch eine Sache die wir erledigen müssen. Wenn Monsieur Hergé wieder aufwacht, werden auch alle andern wieder aufwachen, die Geschichte wird sich wiederholen, die Rexisten werden wieder marschieren!«

Schellfisch nahm noch einen Schluck und schaute zu Mortimer hoch: »Das ist eine ganze Menge, was Sie da von uns verlangen, aber zum Teufel nochmal, ich werde nicht zulassen, dass sich die Geschichte wiederholt, das bin ich meinen Vorfahren schuldig!«

Blake & Mortimer nahmen Haltung an und salutierten vor dem Kapitän. Tintin-Lutin erschrak und fragte, ob dies sein Ernst sei: »Sie meinen, wir müssen uns opfern, zum Wohle der Menschheit?«

»Ja«, sagte James mit stoischer Ruhe, »wenn wir schon sterben, vollbringen wir einen gemeinsamen Homizid-Suizid, den Mitnahme-Selbstmord.«

»Oh, mein Gott«, schrie Tintin-Lutin, »ich will nicht sterben!«

Der Kapitän tätschelte sein Knie: »Wir sind schon mittendrin, schauen Sie sich mal im Spiegel an, Ihnen fallen die Zähne im Akkord aus.«

»Sterben ist nicht so schlimm, mein Freund«, sagte der Professor mit großer Anteilnahme in der Stimme. Es ist wie Einschlafen, mit dem einzigen Unterschied, dass Sie nicht mehr aufwachen. Das hat auch sein Gutes.«

»Steht auf, Männer«, befahl Mortimer, »solange ihr noch gehen könnt. Auch wir sind lediglich Figuren, die sich Edgar P. Jacobs ausgedacht hat, aber Jacobs ließ uns am Leben, obwohl er starb.«

»Ja«, sagte Lucky Luke, »auch Morris nahm mich nicht mit in sein Grab, mich und Jolly Jumper und Rantanplan.«

Tintin-Lutin fragte den Professor, ob er seine Drohnenabschusspistole mitgenommen habe. Der Professor hatte, aber er sagte, es gebe hier nirgends Drohnen. Sie verabschiedeten sich von Lucky Luke und Blake & Mortimer.

»Bald werden wir nur noch ein Strich in der Landschaft sein«, klagte Tintin-Lutin, »eine Ligne claire. Eigentlich waren wir nie mehr als eine Ligne claire.«

38

Hotel Arizona Calle

Alexis und Léon saßen im Frühstücksraum des Hotels Arizona an der italienischen Riviera. Der Strand war nur einen Steinwurf entfernt. Sie hatten beide ein gekochtes Ei auf dem Frühstücksteller. Alexis klopfte es auf den Tisch, bis die Spitze brach, dann drehte er das Ei um und schlug das andere Ende auf die Tischplatte. Jetzt ließ es sich einfach pellen. Er löste große Stücke der Schale und schaute triumphierend zu Léon auf: «Das ist wahre Intelligenz, Léon: wenn du aufgrund deines Wissens ein Problem lösen kannst, zu dem dir eigentlich Wissen und Erfahrung fehlen.«

»Alexis«, fragte Léon ängstlich, »ist das Ei grösser geworden oder schrumpfst du im Minutentakt?«

»Das wollte ich dich auch gerade fragen, Léon, denn dieses Hotel ist ein ›Adult-only Resort‹. Wenn wir weiter schrumpfen, werfen sie uns raus.«

39

Dr. Connie G. Broccoli freute sich aufrichtig auf den erneuten Besuch und hatte volles Verständnis dafür, dass sie nochmals die Halle mit den schockgefrorenen Körpern in den Edelstahltanks sehen wollten. Sie überließ die Führung Fernando, der gerade einen weinenden jungen Nerd tröstete.

»Das ist Freddy«, sagte Dr. Broccoli leise, »er besucht jeden Mittwoch seine Mutter. Gehen Sie schon mal vor, Fernando kommt gleich.

Die Freunde aus Schloss Cheverny betraten einen Vorraum. Der Professor nahm seine Drohnenabwehrpistole aus der Innentasche und wollte sie scharf machen, doch seine Hände wurden kleiner und kleiner, während auch sein Körper zu schrumpfen begann. Schellfisch packte ihn geistesgegenwärtig am Kragen, doch der Professor schlüpfte wie ein nasser Fisch aus seinem Mantel und verflüssigte sich auf den polierten Schieferplatten. Tintin-Lutin konnte gerade noch seine Waffe auffangen. Er lud sie durch und erschrak, als er sah, wie das Gesicht des Kapitäns wie ein Akkordeon zusammengefaltet wurde. Schellfisch wollte fluchen, aber seine Stimme versagte. Seine Augen verschwanden unter dem Stirnbein und der Mund öffnete sich, riesengroß, zu einem stummen Schrei. Tintin-Lutin drückte den Abzug. Ein heftiger Knall erschütterte die Halle, als hätte ein furchtbarer Blitz eingeschlagen. Die Lichtquellen flackerten, aber sie erloschen nicht, die Alarmsirenen heulten auf wie das Horn der Titanic. Das Notkühlsystem hatte sich eingeschaltet. An der Decke öffneten sich Dutzende

Schleusen, massive Stahlmauern schossen aus dem Boden und rasteten unter der Decke ein. Eiswasser flutete den Saal. Er füllte sich rasch mit Gefrierwasser. Mit letzter Kraft kämpfte sich Tintin-Lutin durch die eiskalten Wassermassen und wollte dem Kapitän zu Hilfe eilen. Schellfisch war kollabiert und drohte zu ertrinken. Unter der weißen Kapitänsmütze, die Tintin-Lutin in letzter Not erwischen konnte, war nichts mehr, nur noch ein Strich, eine Ligne claire. Tintin-Lutin hielt den Strich fest und ging langsam mit ihm unter.

ENDE

Anhang

Comic-Alben von Hergé & Co.

Alle 25 *Tim & Struppi*-Alben mit deutschem Titeln, Jahr der Erstveröffentlichung und Originaltitel:

1. *Tim im Lande der Sowjets*, 1929 *(Tintin au pays des Soviets)*
2. *Tim im Kongo*, 1930 *(Tintin au Congo)*
3. *Tim in Amerika*, 1931 *(Tintin en Amérique)*
4. *Die Zigarren des Pharaos*, 1932 *(Les cigares du pharaon)*
5. *Der Blaue Lotos*, 1934 *(Le lotus bleu)*
6. *Der Arumbaya-Fetisch*, 1935 *(L'oreille cassée)*
7. *Die schwarze Insel*, 1937 *(L'île noire)*
8. *König Ottokars Zepter*, 1938 *(Le sceptre d'Ottokar)*
9. *Die Krabbe mit den goldenen Scheren*, 1940 *(Le crabe aux pinces d'or)*
10. *Der geheimnisvolle Stern*, 1942 *(L'étoile mystérieuse)*
11. *Das Geheimnis der »Einhorn«*, 1943 *(Le Secret de la Licorne)*
12. *Der Schatz Rackhams des Roten*, 1944 *(Le trésor de Rackham Le Rouge)*
13. *Die sieben Kristallkugeln*, 1947 *(Les 7 boules de cristal)*
14. *Der Sonnentempel*, 1949 *(Le temple du soleil)*
15. *Im Reiche des Schwarzen Goldes*, 1950 *(Au pays de l'or noir)*
16. *Reiseziel Mond*, 1952 *(Objectif Lune)*
17. *Schritte auf dem Mond*, 1954 *(On a marché sur la Lune)*
18. *Der Fall Bienlein*, 1956 *(L'affaire Tournesol)*
19. *Kohle an Bord*, 1958 *(Coke en stock)*

20. *Tim in Tibet*, 1960 *(Tintin au Tibet)*
21. *Die Juwelen der Sängerin*, 1963 *(Les bijoux de la Castafiore)*
22. *Flug 714 nach Sydney*, 1968 *(Vol 714 pour Sydney)*
23. *Tim und die Picaros*, 1976 *(Tintin et les Picaros)*
24. *Tim und der Haifischsee*, 1973 *(Tintin et le lac aux requins)* – nach dem Zeichentrickfilm
25. *Tim und die Alpha-Kunst*, 1983 *(Tintin et l'Alph-Art)* – unvollendet

Endnoten

1 Filou, frz. für Lausbub. Der Foxterrier Struppi heisst im frz. Original Milou.

2 »Tintin-Lutin« ist eine Comic-Figur des damals sehr populären Kinderbuchautors Benjamin Rabier (1864–1939) aus dem Jahre 1897. Sie hat eine blonde Haartolle und trägt Golfhosen. Sein erstes Abenteuer bestreitet (auch) er in der Sowjetunion. Mit »Lutin« bezeichnet man im Französischen einen kleinen Kobold; in der Mythologie ein Fabelwesen nordfranzösischen Ursprungs. Hergé hat in einigen Interviews erzählt, dass er in seiner Jugend Rabier bewundert und sich von ihm habe inspirieren lassen, in anderen Interviews bestreitet er die Einflussnahme und sagt, ihm sei zufällig der Name »Tintin« in den Sinn gekommen.

3 Hergés erste Jugendliebe 1919. Hergé nannte sie »Milou«. Michael Farr, *Tim & Co.*, Carlsen Comics, 2009, Seite 24

4 Stammeshäuptling der philippinischen Insel Mactan (heute int. Flughafen von Cebu). Lapu-Lapu besiegt am 27. April 1521 in der Schlacht von Mactan die Spanier und tötet den portugiesischen Seefahrer Magellan. Antonio Pigafetta, der Chronist an Bord, erwähnt ihn in seinen Aufzeichnungen. Lapu-Lapu ist auch eine Figur in meinem Roman »Pacific Avenue«.

5 Wolfgang Beltracchi wurde 2010 als grösster Kunstfälscher der Nachkriegszeit verhaftet. Er hatte über 300 Gemälde von berühmten Künstlern wie Picasso, Max Ernst und vielen anderen derart perfekt gefälscht, dass man ihn nur dank einer chemischen Analyse überführen konnte. Es gibt keine Verbindung zwischen ihm und Hergé.

6 Numa Sadoul, *Entretiens avec Hergé*, Casterman, 1983, Seite 87

7 2007, also 21 Jahre später, reichte der kongolesische Student Bienvenu Mbutu Mondondo in Brüssel Klage ein und verlangte ein Verbot von »Tim im Kongo«, das 1930/31 in s/w erschien (als Kongo noch belgische Kolonie war) und später als Tintin-Album in Farbe. Die Klage wurde 2012 abgewiesen.

8 Benjamin Rabier (1864–1939), der damals populärste Kinderbuchautor Belgiens, schrieb unter anderem den Comic »Tintin-Lutin«, erschienen 1898.

9 Mussolini gewährte Pater Wallez eine Privataudienz in Italien (1923) und schickte ihm später ein signiertes Porträt mit Widmung nach Brüssel.

10 »*A Nobert Wallez, amico dell'Italia et del fascismo, con simpatia di camerita, 1924*«. Zitiert aus: Benoît Peeters, *Hergé fils de Tintin*, Flammarion, Nouvelle Edition 2016, Seite 59.

11 Joseph Douillet, *Moscou sans voiles*, Editions Spes, 1929

12 Numa Sadoul, *Entretiens avec Hergé,* Casterman, 1983, Seite 133

13 Mark Twain publizierte 1905 seine Streitschrift »König Leopolds Selbstgespräch (*King Leopold's Soliloquy*)«.

14 Hergé an Benoît Peeters, zitiert in *Hergé fils de Tintin*, Flammarion 2016, Seite 19

15 »Nicht, dass ich es bereuen würde, aber wenn ich es wieder tun müsste, würde ich es völlig anders machen, das ist sicher.« Numa Sadoul, *Entretiens avec Hergé*, Casterman, 1983, Seite 50

16 »Hélas! non, l'opéra m'ennuie, je l'avoue à ma grande honte!« Numa Sadoul, *Entretiens avec Hergé*, Casterman, 1983, Seite 33

17 Die Beschreibung trifft auf den Schweizer Wissenschaftler, Experimentalphysiker und Erfinder Auguste Piccard (* 28. Januar 1884 in Basel; † 24. März 1962 in Lausanne) zu. Sein Zwillingsbruder war der Chemiker Jean-Felix Piccard, sein Sohn der Ozeanograf Jacques Piccard und sein Enkel der Psychiater und Abenteurer Bertrand Piccard, der als erster Mensch die Erde in einem Ballon und in einem Solarflugzeug umkreiste. Hergé benutzte Auguste Piccard als Vorlage für seinen Professor Bienlein (Tournesol).

18 Allan Pinkerton (1819–1884) war ein schottischer Detektiv und Begründer der Pinkerton-Agentur, die heute als erste US-amerikanische Privatdetektei gilt. Während des amerikanischen Bürgerkriegs war Pinkerton für die Sicherheit des US-Präsidenten Abraham Lincoln zuständig. Pinkerton ist auch eine Figur in meinem historischen Roman »Giganten«.

19 Germaine Kieckens (1906–1995), 1932 Heirat mit Hergé, 1960 Trennung, 1975 Scheidung

20 »Je ne serais jamais qu'un peintre du dimanche.« Aussage von Fanny Rodwell, Hergés zweiter Ehefrau, an den Biografen Pierre Assouline, *Hergé*, Gallimard Folio, 1996, Seite 686.

21 *sans poil*, frz., ohne Haar

22 »Il est cinq heures, Paris s'éveille«, Chanson von Jacques Dutronc

23 *Haut ab!*

24 Belgisch-französischer Autor, der an folgenden Tintin-Alben mitarbeitete: 1942 *Der geheimnisvolle Stern*, 1947 *Der Sonnentempel* und 1954 *Schritte auf dem Mond.*

25 Hergés zweite Ehefrau (geb. 1934) von 1977 bis 1983. Nach Hergés Tod heiratete sie den Engländer Nick Rodwell (1993) und übernahm dessen Nachnamen. Er übernahm die Kontrolle über das Tintin-Imperium.

26 Hergé besuchte an diesem Tag Professor Riklin.

27 Milou war der Rufname von Hergés Schulfreundin Marie-Louise van Cutsem 1919. Seine erste Jugendliebe blieb unerwidert.

28 Sie war angeblich die Vorlage für Hergés rotweiße Mondrakete. Beide Rakten weisen ein zweifarbiges Schachbrett-Muster auf.

29 Französisch ausgesprochen klingt R. G. wie Hergé.

30 »Nur eine Träne«, Song von Mike Brant, israelischer Chanson-Sänger, zählte von 1970 bis 1975 zu den erfolgreichsten Sängern Frankreichs. Nahm sich mit 28 Jahren das Leben.

31 Hergé erkrankte tatsächlich an Leukämie.

32 Lettre d'Hergé d'Inter Variétés, Emission »Quelque part en France«, 21. Juni 1964

33 »*Au fond, vous savez, mon seul rival international, c'est Tintin! Nous sommes les petits qui ne se laissent pas avoir par les grands. On ne s'en aperçoit pas à cause de ma taille!*« Charles de Gaulle an Malraux, Dezember 1978, zitiert von Christine Clerc in *De Gaulle – Malraux, une histoire d'amour*, NiL éditions, Paris, 2008

34 Interview mit Jacques Martin in der *Libération*, 70er-Jahre. Zitiert in Maxime Benoît-Jeannin, *Le Mythe Hergé*, Editions Golias, 2001

35 Hugues Dayez, *Tintin et les Héritiers*, Editions du Félin, 2000, Seite 62

36 Hugues Dayez, *Tintin et les Héritiers*, Editions du Félin, 2000, Seite 63

37 Nat Neujean, belgischer Bildhauer (1923–2018), sein bekanntestes Werk ist die Tintin-Statue.

38 Hugues Dayez, *Tintin et les Héritiers*, Editions du Félin, 2000, Seite 62

39 Pierre Assouline, *Hergé*, Gallimard, Folio, Paris 1996, Seite 527

40 Interview mit Germaine Kieckens, Eddy Surmont, *Le Soir*, 3. März 1993

41 Von vier verschiedenen Amtsstellen und Gruppierungen verhaftet: Sureté de l'état, police judicaire, mouvement national belge und front de l'indépendance.

42 Die Nacht vom 9. auf den 10. September 1944

43 »Le Juif«, Illustration für »L'Effort«, das offizielle Publikationsorgan der *katholischen Vereinigung der belgischen Jugend.*

44 Benoît Peeters, *Hergé, fils de Tintin*, Flammarion, 2002

45 Pierre Assouline, Hergé, Gallimard Folio, 1996, Seite 101

46 Pierre Assouline, Hergé, Gallimard Folio, 1996, Seite 100

47 Hergés Judenwitze erschienen in der Rubrik »Histoires juives« der Kinderbeilage von *Le Soir*. Weitere Autoren waren Hergés Co-Autor Van

Melkebeke und Jam. Quelle: Maxime Benoît-Jeannin, *Les Guerres d'Hergé*, Editions Aden, 2006

48 »Sie zerbrechen ihre Federn (Zeichenstifte).«

49 Pierre Assouline, *Hergé*, Gallimard Folio, 1996, Seite 301

50 Am 17. Januar 1943 forderte Léon Degrelle im Brüsseler »Palais des Sports« den Anschluss Belgiens an Deutschland.

51 Numa Sadoul, *Entretiens avec Hergé*, Casterman, Paris, 1975, 1983, Seite 61

52 Maxime Benoît-Jeannin, *Le Mythe Hergé*, Golias, Villeurbanne, 2001, Seite 32

53 Numa Sadoul, *Entretiens avec Hergé*, Casterman, 1983, zweites Interview, Seite 11

54 Pierre Assouline, *Hergé*, Gallimard Folio, 1998, Seite 655

55 Pierre Assouline, *Hergé*, Gallimard Folio, 1998, Seite 656. Kann nicht durch eine zweite Quelle bestätigt werden

56 Fanny Vlamynck, geb. 1. August 1934

57 »Hergé était un coureur de jupons (fin sourire).« Zitiert aus: Interview mit Germaine Kieckens, Eddy Surmont, *Le Soir*, 3. März 1993

58 Brief an Matthieu Lindon vom 10. Juni 1977; zitiert von Pierre Assouline in *Hergé*, Gallimard Folio, 1996

59 Aussage von Germaine Kieckens im Gespräch mit Pierre Assouline, Pierre Assouline, *Hergé*, Gallimard Folio, 1996, Seite 733

60 Interview mit Germaine Kieckens, Eddy Surmont, *Le Soir*, 3. März 1993

61 Benoît Peeters ist ein französischer Autor. Er schreibt Romane und Comics. Er hat verschiedene Bücher über Hergé publiziert, darunter *Le Monde d'Hergé (1983),* Hergé. Fils de Tintin, Flammarion, Paris, 2002, 2016 und Sachbücher über Comics. Er ist führendes Mitglied der »Amis d'Hergé« und einer der größten Kritiker der klagefreudigen Rechteinhaberin Moulinsart.

62 Numa Sadoul, *Entretiens avec Hergé*, Casterman, 1983, Seite 85

63 Numa Sadoul, *Entretiens avec Hergé*, Casterman, 1983, Seite 78

64 »Um die Welt in 44 Tagen mit Palle«, Reisebericht, Verlag Seemann, 1928

65 Léon Degrelle, *Mes aventures au Mexique*, Editions Rex, 1933

66 »Ich entdeckte die Comics dank Léon Degrelle.« Zitat aus: *La Libre Belgique*, 30. Dezember 1975

67 Léon Degrelle, *Tintin, mon copain*, Pélican d'or, 2000

68 Léon Degrelle, *Histoire de la guerre scolaire 1879–1884*, Editions Rex, 1930

69 Léon Degrelle, *La cohue de 1940*, 1949; *La Campagne de Russie: 1941–1945*, 1949

70 »sehr bewegend und sehr gut geschrieben« Brief von Hergé an Robert Crausaz, 17. Januar 1950

71 Magazin *Humo*, 11. Januar 1973

72 *La Libre Belgique*, 30. Dezember 1975

73 Robert Frans Maria De Moor (1925–1992), belgischer Comiczeichner, Co-Autor und rechte Hand von Hergé, designierter Nachfolger, schrieb zahlreiche Comics, ab 1989 Kunstdirektor im Verlag *Le Lombard* und Veröffentlichung eines neuen Bandes aus der Reihe *Blake & Mortimer.*

74 http://www.naufrageur.com/a-bob-planche_bidon.htm

75 Pierre Assouline, *Hergé*, Gallimard Folio, 1996, Seite 321

76 Edgard Félix Pierre Jacobs, belgischer Comiczeichner (1904–1987), Schöpfer der Serie *Blake & Mortimer.*

77 Numa Sadoul, *Entretiens avec Hergé,* Casterman, 1983, Seite 92

78 Numa Sadoul, *Entretiens avec Hergé,* Casterman, 1983, Seite 92

79 Interview *Le Monde,* »Tintin, c'est moi« vom 15. 2. 1973

80 Hugues Dayez, *Tintin et les Héritiers,* Editions du Félin, Seiten 35, 37, 39

81 Jacques Martin (1921–2010), französischer Comic-Zeichner, einer von Hergés Co-Autoren, zeichnete später die Comic-Serien: Alix, L. Frank, Jhen, Arno, Keos, Orion.

82 Bernard Heuvelmans im Gespräch mit Pierre Assouline

83 Hergé an Benoît Peeters, zitiert in: *Hergé fils de Tintin*, Flammarion 2016, Seite 14

84 Jacques Martin macht die Aussage in den 70er-Jahren in einem Interview mit der *Libération.* Zitiert in: Maxime Benoît-Jeannin, *Le Mythe Hergé,* Editions Golias, 2001, Seite 31

85 »Le Juif«, Illustration für »L'Effort«, das offizielle Publikationsorgan der *katholischen Vereinigung der belgischen Jugend.*

86 Aussage gegenüber Frau Mathieu anlässlich eines Treffens am 25. Februar 1969 in den Hergé-Studios. Gepostet von ihrem Sohn Olivier Mathieu am 26. Januar 2016. Keine weitere Quelle.

87 Maxime Benoît-Jeannin, *Les Guerres d'Hergé,* Editions Aden, 2006

88 Pierre Assouline, *Hergé,* Gallimard Folio, 1996, Seite 358

89 Hergé an Benoît Peeters, *Hergé fils de Tintin*, Flammarion 2016, Seite 19

90 Pierre Assouline, *Hergé,* Gallimard Folio, Seite 657

91 Benoît Peeters, *Hergé, Ein Leben für die Comics,* Carlsen Verlag, 1983, Seite 313

92 Mark Twain: King Leopold's Soliloquy – A Defense of His Congo Rule; 1905

93 René François Ghislain Magritte (1898–1967) war ein belgischer Maler des Surrealismus. Er karikierte den Narzissten Léon Degrelle, wie er in einen Spiegel schaut und das Konterfrei von Adolf Hitler entdeckt.

94 Numa Sadoul, *Entretiens avec Hergé*, Casterman, 1983, Seite 60
95 Fédération des Scouts catholiques
96 Numa Sadoul, *Entretiens avec Hergé*, Casterman, 1983, Seite 60
97 Numa Sadoul, *Entretiens avec Hergé*, Casterman, 1983, Seite 133
98 Numa Sadoul, *Entretiens avec Hergé*, Casterman, 1983, Seite 46
99 Numa Sadoul, *Entretiens avec Hergé*, Casterman, 1983, Seite 37
100 Brief von Hergé vom 23. Januar 1948 an den argentinischen Konsul
101 Brief von Hergé vom 5. Februar 1948 an James Orsi
102 Arbeitszeugnis von Louis Casterman vom 12. April 1948
103 Benoît Peeters, *Hergé fils de Tintin*, eBook, Position 4245
104 Pierre Sterckx, *Une molécule pour pseudonyme*, Vif-Magazine, April 1983
105 Volker Mauersberger, *Die Zeit*, August 1983
106 Ernst Weisenfeld, *Geschichte Frankreichs seit 1945*, 1997
107 Birgit Aschmann, *Treue Freunde*?, Franz Steiner Verlag, 1999
108 Léon Degrelle, 1992, im französischen Fernsehen.
109 Stephane Steemann besuchte Degrelle 1991 in Málaga. Aus dramaturgischen Gründen musste ich Besuch und Umstände für den Roman vorverschieben.
110 TSR 1989 https://Tintin-Lutinomania.com/interview-de-stephane-steeman
111 Das Buch erschien erst im Jahre 2000 in den *Editions du Pélican d'or*, nachdem Degrelle 1994 verstorben war. Die Verleger blieben anonym. PDF im Internet auf scribd.com
112 Hergé in *La Libre Belgique* am 30. Dezember 1975
113 http://www.spiegel.de/spiegel/print/d-42622988.html
114 John Darnton, *New York Times*, May 20, 1983
115 Der britische Historiker Sir Ian Kershaw thematisiert Adolf Hitlers Foxterrier »Fuchsl« in Band 1 seiner preisgekrönten Hitler-Biografie: *Hitler 1889–1936*, 2013
116 Die V2-Rakete von Wernher von Braun war im Jahr 1942 weltweit die erste funktionsfähige Großrakete mit Flüssigkeitstriebwerk. Hergés Mondrakete hat das gleiche zweifarbige Karo-Muster.
117 »Tintin: les petits secrets des grands albums«, *Les Echos Weekend*, 9. September 2016
118 Nach der Trennung der Beatles veröffentliche John Lennon den Song *How Do You Sleep* und sang: »The only thing you done was *Yesterday* and since you've gone, you're just *Another Day*«. Beide Titel sind Kompositionen von Paul McCartney als Solo-Künstler.
119 Palle Huld (1912–2010) war ein dänischer Abenteurer, Schriftsteller und Schauspieler, der bereits mit sechzehn in 44 Tagen um die Welt reiste. Er soll angeblich die Vorlage für Tintin gewesen sein. Palle schrieb

nach seiner gefeierten Rückkehr den internationalen Bestseller *Jorden rundt i 44 dage med Palle* (Um die Welt in 44 Tagen mit Palle).

120 *Nighthawks (Nachtschwärmer)* aus dem Jahr 1942 gehört zu den populärsten Bildern des 20. Jahrhunderts.

121 James Hiram Bedford (* 20. April 1893; † 12. Januar 1967) war ein amerikanischer Psychologieprofessor an der University of California, der Bücher über die Berufswahl schrieb. Er ist der erste Mensch, der nach einem natürlichen Tod von der *Alcor Life Extension Foundation* kryokonserviert wurde.

122 US-amerikanischer Filmschauspieler (1925–1985)

123 US-amerikanischer Schauspieler (1920–1985)

124 US-amerikanischer Regisseur und Autor (1915–1985)

125 Führer des Faschismus

126 Numa Sadoul, *Entretiens avec Hergé*, Casterman, 1983, Seite 60

127 Numa Sadoul, *Entretiens avec Hergé*, Casterman, 1983, Seite 87

128 Numa Sadoul, *Entretiens avec Hergé*, Casterman, 1983, Seite 50

129 Maxime Benoit-Jeannin, *Les guerres d'Hergé*, Edition Aden, 2006

130 zitiert von Maxime Benoit-Jeannin in *Le Mythe Hergé*, Golias, 2001

131 Michèle Nieto, *Le Point*, 22. Januar 1973

132 Hergé an Benoît Peeters in: *Hergé fils de Tintin*, Flammarion 2016, Seite 19

133 Numa Sadoul, *Entretiens avec Hergé*, Casterman, 1983, Seite 133

134 Numa Sadoul, *Entretiens avec Hergé*, Casterman, 1983, Seite 34

135 Numa Sadoul, *Entretiens avec Hergé*, Casterman, 1983, Seite 38

136 Numa Sadoul, *Entretiens avec Hergé*, Casterman, 1983, Seite 59

137 Numa Sadoul, *Entretiens avec Hergé*, Casterman, 1983, Seite 60

138 Numa Sadoul, *Entretiens avec Hergé*, Casterman, 1983, Seite 85

139 Numa Sadoul, *Entretiens avec Hergé*, Casterman, 1983, Seite 85

140 Katsushika Hokusai, Japan, Farbholzschnitt »Die große Welle vor Kanagava«.

141 Pierre Assouline, *Hergé*, Gallimard Folio, 1996, Seite 658

142 Hergés Brief an Robert Crausaz vom 17. Januar 1950

143 »Das ist mir schnuppe/piepegal.«